故人何在　丰子恺

人民文学出版社

图书在版编目（CIP）数据

故人何在／丰子恺著 .—— 北京：人民文学出版社，2024
ISBN 978 - 7 - 02 - 018337 - 1

Ⅰ.①故 … Ⅱ.①丰 … Ⅲ.①散文集 - 中国 - 当代 Ⅳ.① I267

中国国家版本馆 CIP 数据核字（2023）第 212365 号

责任编辑　刘　伟
装帧设计　陶　雷
责任印制　张　娜

出版发行　人民文学出版社
社　　址　北京市朝内大街166号
邮政编码　100705

印　　刷　三河市鑫金马印装有限公司
经　　销　全国新华书店等

字　　数　136千字
开　　本　850毫米×1168毫米　1/32
印　　张　8.75　　插页10
印　　数　1—5000
版　　次　2024年1月北京第1版
印　　次　2024年1月第1次印刷

书　　号　978-7-02-018337-1
定　　价　49.00元

新阿大　旧阿二

寒假回家的哥哥

蚂蚁搬家

香车宝马湖山闹

一叶落知天下秋

锣鼓响

草草杯盘供语笑

主人醉倒不相劝

无言独上西楼

几人相忆在江楼

今夜故人来不来

茶店一角

明月几时有

春风欲劝座中人

置酒庆岁丰

莫向离亭争折取

目　录

忆儿时

儿　女

我与弘一法师

忆儿时

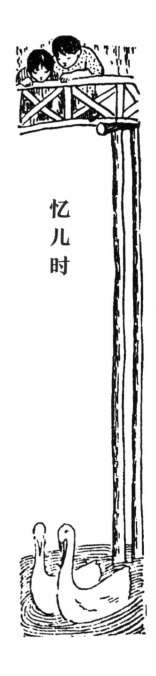

忆儿时 [1]

一

我回忆儿时，有三件不能忘却的事。

第一件是养蚕。那是我五六岁时、我祖母在日的事。我祖母是一个豪爽而善于享乐的人，良辰佳节不肯轻轻放过。养蚕也每年大规模地举行。其实，我长大后才晓得，祖母的养蚕并非专为图利，叶贵的年头常要蚀本，然而她喜欢这暮春的点缀，故每年大规模地举行。我所喜欢的，最初是蚕落地铺。那时我们的三开间的厅上、地上统是蚕，架着经纬的跳板，以便通行及饲叶。蒋五伯挑了担到地里去采叶，我与

[1] 本篇原载 1927 年 6 月 10 日《小说月报》第 18 卷第 6 号。

诸姐跟了去，去吃桑葚。蚕落地铺的时候，桑葚已很紫而甜了，比杨梅好吃得多。我们吃饱之后，又用一张大叶做一只碗，采了一碗桑葚，跟了蒋五伯回来。蒋五伯饲蚕，我就以走跳板为戏乐，常常失足翻落地铺里，压死许多蚕宝宝，祖母忙喊蒋五伯抱我起来，不许我再走。然而这满屋的跳板，像棋盘街一样，又很低，走起来一点也不怕，真是有趣。这真是一年一度的难得的乐事！所以虽然祖母禁止，我总是每天要去走。

蚕上山之后，全家静默守护，那时不许小孩子们吵了，我暂时感到沉闷。然而过了几天，采茧，做丝，热闹的空气又浓起来了。我们每年照例请牛桥头七娘娘来做丝。蒋五伯每天买枇杷和软糕来给采茧、做丝、烧火的人吃。大家认为现在是辛苦而有希望的时候，应该享受这点心，都不客气地取食。我也无功受禄地天天吃多量的枇杷与软糕，这又是乐事。

七娘娘做丝休息的时候，捧了水烟筒，伸出她左手上的短少半段的小指给我看，对我说：做丝的时候，丝车后面，是万万不可走近去的。她的小指，便是小时候不留心被丝车轴棒轧脱的。她又说："小囡囡不可走近丝车后面去，只管坐在我身旁，吃枇杷，吃软糕。还有做丝做出来的蚕蛹，叫妈妈油炒一炒，真好吃哩！"然而我始终不要吃蚕蛹，大概是我爸爸和诸姐都不要吃的原故。我所乐的，只是那时候家里的非常的空气。日常固定不动的堂窗、长台、八仙椅子，都收拾去，而变成不常见的丝车、匾、缸。又不断地公然地可以吃小食。

丝做好后，蒋五伯口中唱着"要吃枇杷，来年蚕罢"，收拾丝车，恢复一切陈设。我感到一种兴尽的寂寥。然而对于这种变换，倒也觉得新奇而有趣。

现在我回忆这儿时的事，常常使我神往！祖母、蒋五伯、七娘娘和诸姐都像童话里、戏剧里的人物了。且在我看来，他们当时这剧的主人公便是我。何等甜美的回忆！只是这剧的题材，现在我仔细想想觉得不好：养蚕做丝，在生计上原是幸福的，然其本身是数万的生灵的杀虐！《西青散记》里面有两句仙人的诗句："自织藕丝衫子嫩，可怜辛苦赦春蚕。"安得人间也发明织藕丝的丝车，而尽赦天下的春蚕的性命！

我七岁上祖母死了[1]，我家不复养蚕。不久父亲与诸姐

[1] 作者祖母卒于 1902 年 5 月，当时作者五岁。

弟相继死亡，家道衰落了，我的幸福的儿时也过去了。因此这回忆一面使我永远神往，一面又使我永远忏悔。

二

第二件不能忘却的事，是父亲的中秋赏月，而赏月之乐的中心，在于吃蟹。

我的父亲中了举人之后，科举就废，他无事在家，每天吃酒，看书。他不要吃羊、牛、猪肉，而喜欢吃鱼、虾之类。而对于蟹，尤其喜欢。自七八月起直到冬天，父亲平日的晚酌规定吃一只蟹，一碗隔壁豆腐店里买来的开锅热豆腐干。他的晚酌，时间总在黄昏。八仙桌上一盏洋油灯，一把紫砂酒壶，一只盛热豆腐干的碎瓷盖碗，一把水烟筒，一本书，桌子角上一只端坐的老猫，我脑中这印象非常深刻，到现在还可以清楚地浮现出来。我在旁边看，有时他给我一只蟹脚或半块豆腐干。然我喜欢蟹脚。蟹的味道真好，我们五个姊妹兄弟，都喜欢吃，也是为了父亲喜欢吃的原故。只有母亲与我们相反，喜欢吃肉，而不喜欢又不会吃蟹，吃的时候常常被蟹螯上的刺刺开手指，出血；而且抉剔得很不干净，父亲常常说她是外行。父亲说：吃蟹是风雅的事，吃法也要内行才懂得。先折蟹脚，后开蟹斗……脚上的拳头（即关节）里的肉怎样可以吃干净，脐里的肉怎样可以剔出……脚爪可以当作剔肉的针……蟹螯上的骨头可拼成一只很好看的蝴蝶……父亲吃蟹真是内行，吃得非常干净。所以陈妈妈说："老爷吃下来的蟹壳，真是蟹壳。"

蟹的储藏所，就在天井角落里的缸里，经常总养着十来只。到了七夕、七月半、中秋、重阳等节候上，缸里的蟹就满了，那时我们都有得吃，而且每人得吃一大只，或一只半。尤其是中秋一天，兴致更浓。在深黄昏，移桌子到隔壁的白场[1]上的月光下面去吃。更深人静，明月底下只有我们一家的人，恰好围成一桌，此外只有一个供差使的红英坐在旁边。大家谈笑，看月亮，他们——父亲和诸姐——直到月落时光，我则半途睡去，与父亲和诸姐不分而散。

这原是为了父亲嗜蟹，以吃蟹为中心而举行的。故这种夜宴，不仅限于中秋，有蟹的节季里的月夜，无端也要举行数次。不过不是良辰佳节，我们少吃一点，有时两人分

[1] 白场，作者家乡话，即家门前的空地。

吃一只。我们都学父亲，剥得很精细，剥出来的肉不是立刻吃的，都积受在蟹斗里，剥完之后，放一点姜醋，拌一拌，就作为下饭的菜，此外没有别的菜了。因为父亲吃菜是很省的，而且他说蟹是至味，吃蟹时混吃别的菜肴，是乏味的。我们也学他，半蟹斗的蟹肉，过两碗饭还有余，就可得父亲的称赞，又可以白口吃下余多的蟹肉，所以大家都勉力节省。现在回想那时候，半条蟹腿肉要过两大口饭，这滋味真好！自父亲死了以后，我不曾再尝这种好滋味。现在，我已经自己做父亲，况且已经茹素，当然永远不会再尝这滋味了。唉！儿时欢乐，何等使我神往！

然而这一剧的题材，仍是生灵的杀虐！因此这回忆一面使我永远神往，一面又使我永远忏悔。

三

第三件不能忘却的事。是与隔壁豆腐店里的王囡囡的交游，而这交游的中心，在于钓鱼。

那是我十二三岁时的事，隔壁豆腐店里的王囡囡是当时我的小侣伴中的大阿哥。他是独子，他的母亲、祖母和大伯，都很疼爱他，给他很多的钱和玩具，而且每天放任他在外游玩。他家与我家贴邻而居。我家的人们每天赴市，必须经过他家的豆腐店的门口，两家的人们朝夕相见，互相来往。小孩们也朝夕相见，互相来往。此外他家对于我家似乎还有一种邻人以上的深切的交谊，故他家的人对于我特别要好，他的祖母常常拿自产的豆腐干、豆腐衣等来送给我父亲下酒。同时在小侣伴中，王囡囡也特别和我要好。他的年纪比我大，气力比我好，生活比我丰富，我们一道游玩的时候，他时时引导我，照顾我，犹似长兄对于幼弟。我们有时就在我家的染坊店里的榻上玩耍，有时相偕出游。他的祖母每次看见我俩一同玩耍，必叮嘱囡囡好好看待我，勿要相骂。我听人说，他家似乎曾经患难，而我父亲曾经帮他们忙，所以他家大人们吩咐王囡囡照应我。

我起初不会钓鱼，是王囡囡教我的。他叫他大伯买两副钓竿，一副送我，一副他自己用。他到米桶里去捉许多米虫，浸在盛水的罐头里，领了我到木场桥头去钓鱼。他教给我看，先捉起一个米虫来，把钓钩由虫尾穿进，直穿到头部。然后放下水去。他又说："浮珠一动，你要立刻拉，那么钩子钩住鱼的颚，鱼就逃不脱。"我照他所教的试验，果然第一天钓了十几头白条，然而都是他帮我拉钓竿的。

第二天，他手里拿了半罐头扑杀的苍蝇，又来约我去钓鱼。途中他对我说："不一定是米虫，用苍蝇钓鱼更好。鱼喜欢吃苍蝇！"这一天我们钓了一小桶各种的鱼。回家的时候，他把鱼桶送到我家里，说他不要。我母亲就叫红英去煎一煎，给我下晚饭。

自此以后，我只管欢喜钓鱼。不一定要王囡囡陪去，自己一人也去钓，又学得了掘蚯蚓来钓鱼的方法。而且钓来的鱼，不仅够自己下晚饭，还可送给店里的人吃，或给猫吃。我记得这时候我的热心钓鱼，不仅出于游戏欲，又有几分功利的兴味在内。有三四个夏季，我热心于钓鱼，给母亲省了不少的菜蔬钱。

后来我长大了，赴他乡入学，不复有钓鱼的工夫。但在书中常常读到赞咏钓鱼的文句，例如什么"独钓寒江雪"，什么"渔樵度此身"，才知道钓鱼原来是很风雅的事。后来又晓得有所谓"游钓之地"的美名称，是形容人的故乡的。我大受其煽惑，为之大发牢骚：我想"钓鱼确是雅的，我的故乡，确是我的游钓之地，确是可怀的故乡"。但是现在想想，不幸而这题材也是生灵的杀虐！

我的黄金时代很短，可怀念的又只有这三件事。不幸而都是杀生取乐，都使我永远忏悔。

一九二七年梅雨时节[1]

----

[1] 本文篇末原未署日期。这里所署的日期是发表在《小说月报》时篇末所署。

癫六伯

癫六伯，是离石门湾五六里的六塔村里的一个农民。这六塔村很小，一共不过十几份人家，癫六伯是其中之一。我童年时候，看见他约有五十多岁，身材瘦小，头上有许多癫疮疤。因此人都叫他癫六伯。此人姓甚名谁，一向不传，也没有人去请教他。只知道他家中只有他一人，并无家属。既然称为"六伯"，他上面一定还有五个兄或姐，但也一向不传。总之，癫六伯是孑然一身。

癫六伯孑然一身，自耕自食，自得其乐。他每日早上挽了一只篮步行上街，走到木场桥边，先到我家找奶奶，即我母亲。"奶奶，这几个鸡蛋是新鲜的，两支笋今天早上才掘起来，也很新鲜。"我母亲很欢迎他的东西，因为的确都很新鲜。但他不肯讨价，总说"随你给吧"。我母亲为难，叫店里的人代为定价。店里人说多少，癞六伯无不同意。但我母亲总是多给些，不肯欺负这老实人。于是癞六伯道谢而去。他先到街上"做生意"，即卖东西。大约九点多钟，他就坐在对河的汤裕和酒店门前的饭桌上吃酒了。这汤裕和是一家酱园，但兼卖热酒。门前搭着一个大凉棚，凉棚底下，靠河口，设着好几张板桌。癞六伯就占据了一张，从容不迫地吃时酒。时酒，是一种白色的米酒，酒力不大，不过二十度，远非烧酒可比，价钱也很便宜，但颇能醉人。因为做酒的时候，酒缸底上用砒霜画一个"十"字，酒中含有极少量的砒霜。砒霜少量原是无害而有益的，它能养筋活血，使酒力遍达全身，因此这时酒颇能醉人，但也醒得很快，喝过之后一两个钟头，酒便完全醒了。农民大都爱吃时酒，就为了它价钱便宜，醉得很透，醒得很快。农民都要工作，长醉是不相宜的。我也爱吃这种酒，后来客居杭州上海，常常从故乡买时酒来喝。因为我要写作，宜饮此酒。李太白"但愿长醉不愿醒"，我不愿。

且说癞六伯喝时酒，喝到饱和程度，还了酒钱，提着篮子起身回家了。此时他头上的癞疮疤变成通红，走步有些摇摇晃晃。走到桥上，便开始骂人了。他站在桥顶上，指手画脚地骂："皇帝万万岁，小人日日醉！""你老子不怕！""你算有钱？千年田地八百主！""你老子一条裤子一根绳，皇帝看见让三分！"骂的内容大概就是这些，反复地骂到十来分钟。旁人久已看惯，不当一回事。癞六伯在桥上骂人，似乎是一种自然现象，仿佛鸡啼之类。我母亲听见了，就对陈妈妈说："好烧饭了，癞六伯骂过了。"时间大约在十点钟光景，很准确的。

有一次，我到南沈浜亲戚家作客。下午出去散步，走过一爿小桥，一只狗声势汹汹地赶过来。我大吃一惊，想拾石子来抵抗，忽然一个人从屋后走出来，把狗赶走了。一看，这人正是癞六伯，这里原来是六塔村了。这屋子便是癞六伯的家。他邀我进去坐，一面告诉我："这狗不怕。叫狗勿咬，咬狗勿叫。"我走进他家，看见环堵萧然，一床、一桌、两条板凳、一只行灶之外，别无长物。墙上有一个搁板，堆着许多东西，碗盏、茶壶、罐头，连衣服也堆在那里。他要在行灶上烧茶给我吃，我阻止了。他就向搁板上的罐头里摸出一把花生来请我吃："乡下地方没有好东西，这花生是自己种的，燥倒还燥。"我看见墙上贴着几张花纸，即新年里买来的年画，有《马浪荡》《大闹天宫》《水没金山》等，倒很好看。他就开开后门来给我欣赏他的竹园。这里有许多枝竹,一群鸡,还种着些菜。我现在回想,癞六伯自耕自食,自得其乐,很可羡慕。但他毕竟孑然一身,孤苦伶仃,不免身世之感。他的喝酒骂人,大约是泄愤的一种方法吧。

不久,亲戚家的五阿爹来找我了。癞六伯又抓一把花生来塞在我的袋里。我道谢告别,癞六伯送我过桥,喊走那只狗。他目送我回南沈浜。我去得很远了,他还在喊:"小阿官[1]!明天再来玩!"

---

[1] 小阿官,作者家乡一带对小主人的称呼。

中举人

　　我的父亲是清朝光绪年间最后一科的举人。他中举人时我只四岁，隐约记得一些，听人传说一些情况，写这篇笔记。话须得从头说起：

　　我家在明末清初就住在石门湾。上代已不可知，只晓得我的祖父名小康，行八，在这里开一爿染坊店，叫做丰同裕。这店到了抗日战争开始时才烧毁。祖父早死，祖母沈氏，生下一女一男，即我的姑母和父亲。祖母读书识字，常躺在鸦片灯边看《缀白裘》等书。打瞌睡时，往往烧破书角。我童年时还看到过这些烧残的书。她又爱好行乐。镇上演戏文时，她总到场，先叫人搬一只高椅子去，大家都认识这是丰八娘娘的椅子。她又请了会吹弹的人，在家里教我的姑母和父亲学唱戏。邻近沈家的四相公常在背后批评她：

"丰八老太婆发昏了，教儿子女儿唱徽调。"因为那时唱戏是下等人的事。但我祖母听到了满不在乎。我后来读《浮生六记》，觉得我的祖母颇有些像那芸娘。

父亲名，字斛泉，廿六七岁时就参与大比。大比者，就是考举人，三年一次，在杭州贡院中举行，时间总在秋天。那时没有火车，便坐船去。运河直通杭州，约八九十里。在船中一宿，次日便到。于是在贡院附近租一个"下处"，等候进场。祖母临行叮嘱他："斛泉，到了杭州，勿再埋头用功，先去玩玩西湖。胸襟开朗，文章自然生色。"但我父亲总是忧心悄悄，因为祖母一方面旷达，一方面非常好强。曾经对人说："坟上不立旗杆，我是不去的。"那时定例：中了举人，祖坟上可以立两个旗杆。中了举人，不但家族亲戚都体面，连已死的祖宗也光荣。祖母定要立了旗杆才到坟上，就是定要我父亲在她生前中举人。我推想父亲当时的心情多么沉重，哪有兴致玩西湖呢？

每次考毕回家，在家静候福音。过了中秋消息沉沉，便确定这次没有考中，只得再在家里饮酒，看书，吸鸦片，进修三年，再去大比。这样地过了三次，即九年，祖母日渐年老，经常卧病。我推想当时父亲的心里多么焦灼！但到了他

三十六岁[1]那年，果然考中了。那时我年方四岁，奶妈抱了我挤在人丛中看他拜北阙，情景隐约在目。那时的情况是这样：

父亲考毕回家，天天闷闷不乐，早眠晏起，茶饭无心。祖母躺在床上，请医吃药。有一天，中秋过后，正是发榜的时候[2]，染店里的管账先生，即我的堂房伯伯，名叫亚卿，大家叫他"麻子三大伯"的，早晨到店，心血来潮，说要到南高桥头去等"报事船"。大家笑他发呆，他不顾管，径自去了。他的儿子名叫乐生，是个顽皮孩子，（关于此人，我另有记录。）跟了他去。父子两人在南高桥上站了一会，看见一只快船驶来，锣声喤喤不绝。他就问："谁中了？"船上人说："丰，丰！"乐生先逃，麻子三大伯跟着他跑。旁人不知就里，都说："乐生又闯了祸了，他老子在抓他呢。"

麻子三大伯跑回来，闯进店里，口中大喊"斛泉中了！斛泉中了！"父亲正在蒙被而卧。麻子大伯喊到他床前，父亲讨厌他，回说："你不要瞎说，是四哥，不是我！"四哥者，是我的一个堂伯，名叫丰锦，字浣江，那年和父亲一同

---

[1] 应为三十五岁。

[2] 当时发榜常在农历九月初九，取重九登高之意。

去大比的。但过了不久，报事船已经转进后河，锣声敲到我家里来了。"丰接诰封！丰接诰封！"一大群人跟了进来。我父亲这才披衣起床，到楼下去盥洗。祖母闻讯，也扶病起床。

我家房子是向东的，于是在厅上向北设张桌子，点起香烛，等候新老爷来拜北阙。麻子三大伯跑到市里，看见团子、粽子就拿，拿回来招待报事人。那些卖团子、粽子的人，绝不同他计较。因为他们都想同新贵的人家结点缘。但后来总是付清价钱的。父亲戴了红缨帽，穿了外套走出来，向北三跪九叩，然后开诰封。祖母头上拔下一支金挖耳来，将诰封挑开，这金挖耳就归报事人获得。报事人取出"金花"来，插在父亲头上，又插在母亲和祖母头上。这金花是纸做的，轻巧得很。据说皇帝发下的时候，是真金的，经过人手，换了银花，再换了铜花，最后换了纸花。但不拘怎样，总之是光荣。表演这一套的时候，我家里挤满了人。因为数十年来石门湾不曾出过举人，所以这一次特别稀奇。我年方四岁，由奶妈抱着，挤在人丛中看热闹，虽然莫名其妙，但到现在还保留着模糊的印象。

两个报事人留着，住在店楼上写"报单"。报单用红纸，写宋体字："喜报贵府老爷丰高中庚子辛丑恩政并科

第八十七名举人。"自己家里挂四张，亲戚每家送两张。这
"恩政并科"便是最后一科，此后就废科举，办学堂了。本
来，中了举人之后，再到北京"会试"，便可中进士，做官。
举人叫做金门槛，很不容易跨进；一跨进之后，会试就很容
易，因为人数很少，大都录取。但我的父亲考中的是最后一
科，所以不得会试，没有官做，只得在家里设塾授徒，坐冷
板凳了。这是后话。且说写报单的人回去之后，我家就举
行"开贺"。房子狭窄，把灶头拆掉，全部粉饰，挂灯，结
彩。附近各县知事，以及远近亲友都来贺喜，并送贺仪。这
贺仪倒是一笔收入。有些人要"高攀"，特别送得重。客人
进门时，外面放炮三声，里面乐人吹打。客人叩头，主人还
礼。礼毕，请客吃"跑马桌"。跑马桌者，不拘什么时候，
请他吃一桌酒。这样，免得大排筵席，倒是又简便又隆重的
办法。开贺三天，祖母天天扶病下楼来看，病也似乎好了一
点。父亲应酬辛劳，全靠鸦片借力。但祖母经过这番兴奋，
终于病势日渐沉重起来。父亲连忙在祖坟上立旗杆。不多
久，祖母病危了。弥留时问父亲"坟上旗杆立好了吗？"父
亲回答："立好了。"祖母含笑而逝。于是开吊，出丧，又是
一番闹热，不亚于开贺的时候。大家说："这老太太真好福

气！"我还记得祖母躺在尸床上时，父亲拿一叠纸照在她紧闭的眼前，含泪说道："妈，我还没有把文章给你看过。"其声呜咽，闻者下泪。后来我知道，这是父亲考中举人的文章的稿子。那时已不用八股文而用策论，题目是《汉宣帝信赏必罚，综核名实论》和《唐太宗盟突厥于便桥，宋真宗盟契丹于澶州论》。

父亲三十六岁中举人，四十二岁就死于肺病。这五六年中，他的生活实在很寂寥。每天除授徒外，只是饮酒看书吸鸦片。他不吃肥肉，难得吃些极精的火腿。秋天爱吃蟹，向市上买了许多，养在缸里，每天晚酌吃一只。逢到七夕、中秋、重阳佳节，我们姐妹四五人也都得吃。下午放学后，他总在附近沈子庄开的鸦片馆里度过。晚酌后，在家吸鸦片，直到更深，再吃夜饭。我的三个姐姐陪着他吃。吃的是一个皮蛋，一碗冬菜。皮蛋切成三份，父亲吃一份，姐姐们分食两份。我年幼早睡，是没有资格参与的。父亲的生活不得不如此清苦。因为染坊店收入有限，束脩更为微薄，加上两爿大商店（油车、当铺）的"出官"[1] 每年送一二百元外，别

---

[1] "出官"，指商店借举人老爷之名而得到保障、因而付给的酬金。

无进账。父亲自己过着清苦的生活，他的族人和亲戚却沾光
不少。凡是同他并辈的亲族，都称老爷奶奶，下一辈的都称
少爷小姐。利用这地位而作威作福的，颇不乏人。我是嫡派
的少爷。常来当差的褚老五，带了我上街去，街上的人都起
敬，糕店送我糕，果店送我果，总是满载而归。但这一点荣
华也难久居，我九岁上，父亲死去，我们就变成孤儿寡妇之
家了。

五爹爹

五爹爹[1]是我的一个远房叔父，但因同住在一个老屋里，天天见面，所以很亲近。他姓丰，名铭，字云滨。子女甚多，但因无力抚养，送给别人的有三四个，家中只留二男二女。

五爹爹终身失意，而达观长寿，真是一个值得记录的人物。最初的失意是考秀才。科举时代，我们石门湾人，考秀才到嘉兴府，叫做小考，每年一次；考举人到杭州省城，叫做大考，三年一次。五爹爹从十来岁起，每年到嘉兴应小考，年年不第。直到三十多岁，方才考取，捞得一个秀才。闲人看见他年年考不取，便揶揄他。有一年深秋雨夜，有

[1] 五爹爹，是按儿女们的称呼。作者家乡一带称爷爷为爹爹。

一个闲人来哄他："五伯，秀才出榜了，你的名字写在前头呢。"五爹爹信以为真，立刻穿上钉鞋，撑了雨伞，到东高桥头去看。结果垂头丧气而归。后来好容易考取了。但他有自知之明，不再去应大考，以秀才终其身。地方上人都叫他"五相公"，他已经满意了。但秀才两字不好当饭吃，他只得设塾授徒。坐冷板凳是清苦生涯，七八个学生，每年送点修敬，为数有限，难于糊口。他的五妈妈非常能干，烧饭时将米先炒一下，涨性好些。青黄不接之时，常来向我母亲掇一借二。但总是如期归还，从不失信。真所谓秀才方正也。

后来，地方上人照顾他，给他在接待寺楼上办一个初等小学，向县政府请得相当的经费。他的进益就比设塾好得多了。然而学生多起来，一人教书来不及，势必另请人帮助，这就分了他的肥。物价年年上涨，经费决不增加。他的生活还是很清苦的。然而他很达观。每天散课后，在镇上闲步，东看西望，回家来与妻子评东说西，谈笑风生，自得其乐。上茶馆，出五个大钱泡一碗茶，吃了一会，叫茶博士"摆一摆"，等一会再来吃。第二次来时，带一把茶壶来，吃好之后将茶叶倒入壶中，回家去吃。

这时候我在杭州租了一间房子，在那里作寓公。五爹爹每逢寒假暑假，总是到我家来做客。他到杭州来住一两个月，只花一块银圆，还用不了呢。因为他从石门湾步行到长安，从长安乘四等车到杭州，只须二角半，来回五角。到了杭州，当然不坐人力车，步行到我家。于是每天在杭州城里和西湖边上巡游，东看西望，回来向我们报告一天的见闻，花样自比石门湾丰富得多了。我欢迎他来，爱听他的报告。因为我不大出门，天天在家写作，晚上和他闲谈，作为消遣。他在杭州也上茶馆，也常"摆一摆"，但不带茶壶去，因为我家里有茶。有时他要远行，例如到六和塔、云栖等处去玩，不能回来吃中饭，他就买二只粽子，作为午饭。我叫人买几个烧饼，给他带去，于是连粽子钱也可以省了。

这样的生活，过了好几年。后来发生变化了。当小学教师收入太少，口食难度。亲友帮他起一个会，收得一笔钱，一部分安家，一部分带了到离乡数十里外的曲尺湾去跟一位名医潘申甫当学徒。医生收学徒是不取学费的，因为学生帮他工作。他只出些饭钱。学了两三年，回家挂招牌当医生。起初生意还好，颇有些收入。但此人太老实，不会做广告，以致后来生意日渐清淡，终于无人问津。他只得再当小学教师。幸而地方上人照顾他，仍请他办接待寺里初等小学。这是我父亲帮他忙。父亲是当地唯一的举人老爷，替他说话是有力的[1]。

五爹爹家里有二男二女。大男在羊毛行学生意，染上了一种习气，满师以后出外经商，有钱尽情使用，……生意失败了，钱用光了，就回家来吃父亲的老米饭。在外吸上等香烟，回家后就吸父亲的水烟筒，可谓能屈能伸。大女嫁附近富绅，遇人不淑，打官司，离婚，也来吃父亲的老米饭。后来托人介绍到上海走单帮，终于溺水而死。次男和次女都很像人。次男由我带到上海入艺术师范，毕业后到宁波当教师，每月收入四十元，大半寄家。五爹爹庆幸无限。但是不到一年，生了重病，由宁波送回家，不久一命呜呼。次女在本地当小学教师，收入也尚佳，全部交与父亲。岂知不到一年，也一病不起了。真是天道无知啊！

五爹爹一生如此辗轲失意，全靠达观，竟得长寿，享年八十六岁。他长寿的原因，我看主要是达观。但有人说是全靠吃大黄。他从小有痔疮病，大便出血。这出血是由于大便坚硬，擦破肛门之故。倘每天吃三四分大黄，则大便稀烂，

---

[1] 从年代上看，作者父亲出力帮忙的可能是另一件事。

不会擦破肛门而流血。而大黄的副作用是清补。五爹爹一生茹苦含辛，粗衣糠食，而得享长年，恐是常年服食大黄之力。

菊　林

　　我十三四岁在小学读书的时候，菊林是一个六岁的小和尚。如果此人现在活着而不还俗，则是一个六十多岁的老和尚了。

　　我们的西溪小学堂办在市梢的西竺庵里，借他们的祖师殿为校舍。我们入学，必须走进山门，通过大殿。因此和和尚们天天见面。西竺庵是个子孙庙，老和尚收徒弟，先进山门为大。菊林虽只六岁，却是先进山门，后来收的十三四岁的本诚，要叫他"师父"。这些小和尚，都是穷苦人家卖出来的，三块钱一岁。像菊林只能卖十八元。菊林年幼，生活全靠徒弟照管。"阿拉师父跌了一跤！"本诚抱他起来。"阿拉师父撒尿出了！"本诚替他换裤子。"阿拉师父困着了！"本诚抱他到楼上去。

　　僧房的楼窗外挂着许多风肉。这些和尚都爱吃肉，而且堂堂皇皇地挂在窗口。他们除了做生意（即拜忏）时吃素之外，平日都吃荤。而且拜忏结束之时，最后一餐也吃荤。有一次我看见老和尚打菊林的屁股，为的是菊林偷肉吃。

　　西竺庵里常常拜忏，差不多每月举行一次，每次都有名目：大佛菩萨生日，观音菩萨生日，某祖师生日等等。届时邀请当地信佛的太太们来参加。太太们都很高兴，可以借佛游春。她们每人都送香金。富有的人家送的很重，贫家随缘乐助。每次拜忏，和尚的收入是可观的。和尚请太太们吃素斋，非常丰盛。太太们吃好之后，在碗底下放几个铜钱，叫做洗碗钱。菊林在这一天很出风头。他合掌向每位太太拜揖，口称"阿弥陀佛"。他的面孔像个皮球，声音喃喃呐呐，每个太太都怜爱他，给他糖果或铜板角子。她们调查这小和尚的身世，知道他一出世就父母双亡，阿哥阿嫂生活困难，把他卖做小和尚。菊林心地很好，每次拜忏的收入，铜板角子交给老和尚，糖果和他的徒弟分吃。

　　抗战胜利后我从重庆归来，去凭吊劫后的故乡，看见西竺庵一部分还在。我入内瞻眺，在廊柱石凳之间依稀仿佛地看见六岁的菊林向我合掌行礼。庵中的和尚不知去向，屋宇都被尘封。大概他们都在这浩劫中散而之四方矣。但不知菊林下落如何。

戎孝子和李居士

我先认识李居士，因李而认识戎孝子，所以要先从李说起。

李居士名荣祥，法名圆净，是广东一资本家的儿子。这资本家在上海开店铺，在狄思威路买地造屋，屋有几十幢，最后一幢自己住，其余放租。店和屋两项收入可观。李荣祥在复旦大学某系毕业，不就工作，一向在家信佛宏法，皈依当时有名的和尚印光法师。我的老师李叔同先生做了和尚，有一次云游到上海，要我陪着去拜访印光法师。文学家叶圣陶也去。弘一法师对印光法师行大礼，印光端坐不动，而且语言都像训词。叶圣陶曾写一篇《两法师》，文中赞叹弘一法师的谦恭，讥评印光法师的傲慢，说他"贪嗔痴未除"。我亦颇有同感。印光法师背后站着一个青年，恭恭敬敬地侍候印光，这人就是李圆净。后来他和我招呼，知道我正在和弘一法师合作《护生画集》，便把我认为道友，邀我到他家去坐。那时我住在江湾，到上海市内教课，进出必经他家门口，于是我就常到他家去坐。每次他请我吃牛乳和白塔面包，同时勉励我多作护生画，宣传吃素。我在他的督促之下，果然画了许多护生画，由弘一法师题诗，出版为护生画第一集。这时弘一法师五十岁。我作画五十幅，为他祝寿。约定再过十年，作六十幅，为他祝六十寿，是为第二集。直到第六集一百幅，为他祝百龄寿。这且不谈。

有一次我在李圆净家里遇见一个青年人，这人就是戒孝子。戒孝子名传耀，杭州人，在上海某佛教机关担任工作——校经书。其人吃素信佛，态度和蔼可亲。后来李圆净为我叙述他认识这孝子的因缘，使我吃惊。

这李居士每年夏天，一定到杭州北高峰下面的韬光寺去避暑，过了夏天回上海。每天早上，他从客房的窗中望见有一个人，在几百级石埠上膝行而上，直到大殿前，跪着叩头，然后取了一服"仙方"，即香炉里的香灰，急忙下山而去。每天如此，风雨无阻。第二年夏天他再来避暑，又见此人如此上山。第三年亦复如是。李居士就出去招呼此人，问他求仙方何用，这才知道他叫戒传耀，住在城中，离此有十多里路，为了母亲患病，医药无效，因此每天步行到此，来求韬光大佛。孝感动天，他母亲服仙方后，病果然痊愈了。李居士知道他是这样的一个孝子，就同他订交，约他到上海来共同宏法。不久戒孝子便由李居士介绍，到某佛教机关工作，每月获得相当的薪水，足以养母。因此他认李居士为知己，热心地帮他做宏法事业。我的护生画的刊印，也靠他帮助。因此他和我也时常往来。后来他回杭州原籍，近况不明了。

且说李圆净这个人，生活颇不寻常。他患轻微的肺病，养生之道异常讲究。他出门借旅馆，必须拣僻静之处，连借三个房间，自己住中央一间，两旁两间都锁着。如此，晚上可以肃静无声，不致打扰他睡眠。他在莫干山脚上买一块地，造了一所房子。屋外有石级通下山。他上石级时，必须一男工托着他的背脊，一步一步地推他上去。有一次我去访他，见此状态甚为诧异，觉得此人真是行尸走肉。他见我注视，自己觉得不好意思，对我辩解说，他有肺病，不宜用力爬石级，所以如此。他的房间里的写字桌的抽斗，全部除去，我问他为何，他说这样可使房间里空气多些，可笑。他

有一子一女，当时都还只十岁左右，有一时他请我的阿姐去当家庭教师，教这两孩子读古书。强迫他们午睡，非两点钟不得起身。两孩子不耐烦，躺在床里时时爬起来看钟，一到两点钟就飞奔出外去了。抗战军兴，他丢了这房子逃入租界。子女都已长大，……解放前夕，其妻带了一笔家产，和两个子女，逃往台湾。李圆净乘轮船赴崇明。半夜里跳入海中，往生西方极乐世界去了。他满望"不知所终"。岂知潮水倒流，把他的尸体冲到海滩上，被农民发见，在他身上找出"身份证"，去报告他家族，而家中空无一人。正好戒孝子去看望他，就代他家族前往收尸。佛教居士李圆净一生如此结束。

王囡囡

每次读到鲁迅《故乡》中的闰土，便想起我的王囡囡。王囡囡是我家贴邻豆腐店里的小老板，是我童年时代的游钓伴侣。他名字叫复生，比我大一二岁，我叫他"复生哥哥"。那时他家里有一祖母，很能干，是当家人；一母亲，终年在家烧饭，足不出户；还有一"大伯"，是他们的豆腐店里的老司务，姓钟，人们称他为钟司务或钟老七。

祖母的丈夫名王殿英，行四，人们称这祖母为"殿英四娘娘"，叫得口顺，变成"定四娘娘"。母亲名庆珍，大家叫她"庆珍姑娘"。她的丈夫叫王三三，早年病死了。庆珍姑娘在丈夫死后十四个月生一个遗腹子，便是王囡囡。请邻近的绅士沈四相公取名字，取了"复生"。复生的相貌和钟司务非常相像。人都说："王囡囡口上加些小胡子，就是一个钟司务。"

钟司务在这豆腐店里的地位，和定四娘娘并驾齐驱，有时竟在其上。因为进货，用人，经商等事，他最熟悉，全靠他支配。因此他握着经济大权。他非常宠爱王囡囡，怕他死去，打一个银项圈挂在他的项颈里。市上凡有新的玩具，新的服饰，王囡囡一定首先享用，都是他大伯买给他的。我家开染坊店，同这豆腐店贴邻，生意清淡；我的父亲中举人后科举就废，在家坐私塾。我家经济远不及王囡囡家的富裕，因此王囡囡常把新的玩具送我，我感谢他。王囡囡项颈里戴一个银项圈，手里拿一支长枪，年幼的孩子和猫狗看见他都逃避。这神情宛如童年的闰土。

我从王囡囡学得种种玩意。第一是钓鱼，他给我做钓竿，弯钓钩。拿饭粒装在钓钩上，在门前的小河里垂钓，可以钓得许多小鱼。活活地挖出肚肠，放进油锅里煎一下，拿来下饭，鲜美异常。其次是摆擂台。约几个小朋友到附近的姚家坟上去，王囡囡高踞在坟山上摆擂台，许多小朋友上去打，总是打他不下。一朝打下了，王囡囡就请大家吃花生米，每人一包。又次是放纸鸢。做纸鸢，他不擅长，要请教我。他出钱买纸，买绳，我出力糊纸鸢，糊好后到姚家坟去放。其次是缘树。姚家坟附近有一个坟，上有一株大树，枝叶繁茂，形似一顶阳伞。王囡囡能爬到顶上，我只能爬在低枝上。总之，王囡囡很会玩耍，一天到晚精神勃勃，兴高采烈。

有一天，我们到乡下去玩，有一个挑粪的农民，把粪桶碰了王囡囡的衣服。王囡囡骂他，他还骂一声"私生子！"王囡囡面孔涨得绯红，从此兴致大大地减低，常常皱眉头。有一天，定四娘娘叫一个关魂婆来替她已死的儿子王三三关魂。我去旁观。这关魂婆是一个中年妇人，肩上扛一把伞，伞上挂一块招牌，上写"捉牙虫算命"。她从王囡囡家后门进来。凡是这种人，总是在小巷里走，从来不走闹市大街。大约她们知道自己的把戏鬼鬼祟祟，见不得人，只能骗骗愚夫愚妇。牙痛是老年人常有的事，那时没有牙医生，她们就利用这情况，说会"捉牙虫"。记得我有一个亲戚，有一天请一个婆子来捉牙虫。这婆子要小解了，走进厕所去。旁人偷偷地看看她的膏药，原来里面早已藏着许多小虫。婆子出来，把膏药贴在病人的脸上，过了一会，揭起来给病人看，"喏！你看：捉出了这许多虫，不会再痛了。"这证明她的捉牙虫全然是骗人。算命，关魂，更是骗人的勾当了。闲话少

讲，且说定四娘娘叫关魂婆进来，坐在一只摇纱椅子[1]上。她先问："要叫啥人？"定四娘娘说："要叫我的儿子三三。"关魂婆打了三个呵欠，说："来了一个灵官，长面孔……"定四娘娘说"不是"。关魂婆又打呵欠，说："来了一个灵官……"定四娘娘说："是了，是我三三了。三三！你撇得我们好苦！"就一把鼻涕，一把眼泪地哭。后来对着庆珍姑娘说："喏，你这不争气的婆娘，还不快快叩头！"这时庆珍姑娘正抱着她的第二个孩子（男，名掌生）喂奶，连忙跪在地上，孩子哭起来，王囡囡哭起来，棚里的驴子也叫起来。关魂婆又代王三三的鬼魂说了好些话，我大都听不懂。后来她又打一个呵欠，就醒了。定四娘娘给了她钱，她讨口茶吃了，出去了。

王囡囡渐渐大起来，和我渐渐疏远起来。后来我到杭州去上学了，就和他阔别。年假暑假回家时，听说王囡囡常要打他的娘。打过之后，第二天去买一支参来，煎了汤，定要娘吃。我在杭州学校毕业后，就到上海教书，到日本游学。抗日战争前一两年，我回到故乡，王囡囡有一次到我家里

---

[1]　摇纱椅子，是作者家乡一带低矮的靠背竹椅，因妇女摇纱（纺纱）时常坐此椅而得名。

来，叫我"子恺先生"，本来是叫"慈弟"的。情况真同闰土一样。抗战时我逃往大后方，八九年后回乡，听说王囡囡已经死了，他家里的人不知去向了。而他儿时的游钓伴侣的我，以七十多岁的高龄，还残生在这娑婆世界上，为他写这篇随笔。

笔者曰：封建时代礼教杀人，不可胜数。王囡囡庶民之家，亦受其毒害。庆珍姑娘大可堂皇地再嫁与钟老七。但因礼教压迫，不得不隐忍忌讳，酿成家庭之不幸，冤哉枉也。

算　命

　　我从杭州回上海，在火车中遇见一位老友，钱美茗，是杭州第一师范中的同班同学，阔别多年，邂逅甚欢。他到上海后要换车赴南京，南京车要在夜半开行。我住在上海，便邀他到宝山路某馆子吃夜饭，以尽地主之谊。那时我皈依佛教，吃素。点了两素一荤，烫一斤酒，对酌谈心。各问毕业后情况，我言游学日本，归来在上海教书糊口；他说在杭州当了几年小学教师，读了数百种星命的书，认为极有道理，曾在杭州设帐算命，生意不坏，今将赴南京行道云云。我不相信算命，任他谈得天花乱坠，只是摇头。他说："你不相信吗？杭州许多事实，都证明我的算命有科学根据，百试不爽。"我回驳："单靠出生的年月日时，如何算得出他的命呢？世界上同年同月同日同时生的，不知几千万人。难道这几千万人命运都一样吗？"他回答："不是这么简单！地区有南北，时辰有早晚，环境有异同，都和命运有关，并不一概相同。"我姑妄听之。

酒兴浓时，他说要替我算命。我敬谢，他坚持。逼不得已，我姑且把生年月日时告诉他。他从怀中取出一本册子，翻了再翻，口中念念有词。最后向我宣称："你父母双亡，兄弟寥落。""对！""你财运不旺，难望富贵。""对！"最后他说："你今年三十五岁，阳寿还有五年。无论吃素修行，无法延寿。你须早作准备。""啊？""叨在老友，不怕忠言逆耳。"我起初吃惊，后来付之一笑。酒阑饭饱，我会了钞，与钱美茗分手。我在归家途中自思：此乃妄人，不足道也。我回家不提此事。

十多年后，抗日战争胜利，我从重庆回杭州，僦居西湖之畔。其时钱美茗也在杭州，在城隍山上设柜算命，但生意清淡，生活艰窘，常常来我寓索酒食。有一次我问他："十多年前上海宝山路上某菜馆中你替我算命，还记得否？"他佯装记不起来。我说："你说我四十岁要死，现在我已活到五十二岁了。"他想了一想，问："那么你四十岁上有何事情？"我回答："日寇轰炸我故乡，我仓皇逃难，终于免死呀！"他拍案叫道："这叫做九死一生，替灾免晦，保你长命百岁。"我又付之一笑。吃江湖饭的能言善辩。

　　不久我离杭州。至今二十多年，不见钱美茗其人。不知今后得再见否耳。

老汁锅

　　吾乡有一老翁，人都称他为朱老太爷。此人家道富裕，而生活异常俭朴。家人除初二和十六得吃荤而外，平日只是吃素。他自己有一只老汁锅，平日吃剩的鱼、肉、鸡、鸭，一并倒在里面，每天放在炭火上烧沸。如此，即使夏天也不会坏。买些豆腐干，放入这老汁锅里一烧，便有鱼、肉、鸡、鸭之味。除了他的一个爱孙有时得尝老汁锅里的异味之外，别人一概不得问鼎。后来这朱老太爷死了。老汁锅取消了。家人替他做丧事，异常体面，向城中所有绅士征求挽诗。我的岳父徐芮荪先生，亦送一首挽诗。内有句云："宁使室人纷交谪，毋令吾口嗜肥鲜。而今公已骑鲸去，鸡豚祭酒罗灵前。何如生作老饕者，飞觞醉月开琼筵。"

　　我的岳丈徐芮荪先生，性格和这位朱老太爷完全相反。

朱家向他征求挽诗，直是讨骂。芮荪先生在乡当律师，一有收入，便偕老妻赴上海、杭州等处游玩，尽情享乐。有一时我在上海当教师，我妻在城东女学求学，经常分居。听到老夫妇来上海，非常高兴，我俩也来旅馆同居，陪两老一同游玩。我曾写一对联送我岳丈："观书到老眼如镜，论事惊人胆满躯"。并非面谀，却是纪实。可惜过分旷达，对子女养而不教。儿子靠父亲势力，获得职业。但世态炎凉，父亲一死，儿子即便失业，家境惨败，抗日战争期间，我带了岳母向大后方逃难，我的妻舅及其子女在沦陷区，都不免饥寒。

陶刘惨案

　　抗日战争结束，我携眷从重庆回到上海。家乡房屋都已烧光，上海房子昂贵，只得暂时在杭州招贤寺借住。就有人来劝我买一所房子，地点在断桥下面，保俶塔后面，围墙内一亩多地，两所房屋，买价很便宜，记得好像是一千五百万元，那时通货膨胀，究竟值得多少，记不清了。我一听到这所房子，就知道是许钦文的产业，是发生过一件惨案的。姑且去看看，回想那件惨案觉得阴气森森，汗毛凛凛。家人都不赞成买此屋，就回绝了。另在招贤寺附近租屋而居。

　　这件惨案发生在抗日战争前几年。我在上海艺术师范当教师时，有一个学生名叫陶元庆的，绍兴人，生得娇小玲珑，像个姑娘。他的画很有特色，鲁迅十分赏识他，把自己的小说《彷徨》《呐喊》都请他画封面，又替他的个人画展作序言，都载在《鲁迅全集》中。我在江湾立达学园办美术科时，请陶元庆来当教师，他就住宿在校里。他有一个妹妹，叫陶思堇，就叫她到立达美术科来当学生。这妹妹身材比哥哥长大，肤色雪白，可惜鼻子稍有些塌。陶元庆有一个好朋友，叫许钦文，也是绍兴人，是有名的文学家，我久闻其名，不曾见过。他常从杭州到江湾来看望陶元庆，就宿在他房中。我因此认识了许钦文。此君貌不惊人，态度和蔼可亲。他在杭州当教师，生活裕如，却年逾而立，尚未娶妻，是个单身汉。他每次来望陶元庆，总是送他些东西，都是生发油，雪花膏，手帕，花露水之类，似乎真个把他当作女人，我心中纳罕。

后来，立达经费困难，美术科停办了。一批未毕业的学生和几位教师，由我写信给杭州西湖艺专的校长林风眠，要求他收留。林一口答允，并希望我也去。我辞谢了，但把学生及教师陶元庆、黄涵秋送去。于是，陶元庆和陶思堇都迁到了杭州。不久，陶元庆患伤寒症死了。许钦文悼念他，为他在西湖上营葬，叫我写墓碑。又在保俶山后面买一块地，造一个"元庆纪念室"，旁边又造两间小屋及浴室厕所厨房。他是独生的，雇用一个老妈子。陶思堇住宿在校中，常到他哥哥的纪念室去玩，后来，索性迁住在纪念室旁边的小屋里，并且邀请一个要好的女同学名叫刘梦莹的来同住。这姓刘的我不曾见过，但听说长得花容月貌，比陶漂亮得多。陶邀这朋友来同住，也合乎情理。因为许是单身汉，和她两人同居，不免嫌疑。于是，许钦文独居纪念室，两位小姐住在相隔一片草地的小屋里。早上，两人打扮得齐齐整整，双双出门，行过断桥，穿过桃红柳绿的白堤，到平湖秋月对面的艺术学府里去学歌学舞，学画学琴，趁着夕阳双双回家。这模样竟可列入西湖十景中。可惜好景不长，不久祸起萧墙了。

许钦文出门去了。这一天大约是假日，两位小姐不去上学。陶思堇派老妈子到湖滨去买东西了。刘梦莹到浴室洗澡。洗好后，披着浴巾退出来的时候，陶思堇拿着一把刀等在门口，向她后颈上猛力砍了一刀。刘负痛跳出，陶持刀追出，两人在草地上追逐，刘终于力弱，被陶连砍十余刀，倒在青草地上的血泊中了。陶回进房间，吞了一瓶不知什么毒药水，也倒在床上了。

老妈子买东西回来，敲门不开。向邻家借了梯子，爬到墙上去看，大吃一惊。就有胆大的人爬进院子里去，开了大门。我现在闭目想象这院子里的光景，真是动人：碧绿的草地，雪白的裸体，绯红的血泊——印象派绘画没有这般鲜明！

官警到场勘验结果，刘梦莹身中十八刀已死，陶思堇服毒自杀未遂。于是一面收尸，一面拘捕陶思堇详加审讯。据说她假装疯狂，不记得杀人之事。案情迁延不决。许钦文犯重大嫌疑，亦被拘捕，后来释放了，曾写一篇"无妻之累"发表在某报纸上。不久，抗战军兴，杭州牢狱解散，陶思堇嫁给了审讯她的法官。真乃奇闻怪事。其它情况我不知道了。

歪鲈婆阿三

歪鲈婆阿三不知何许人也，亦不详其姓氏。只因他的嘴巴像鲈鱼的嘴巴，又有些歪，因以为号也。他是我家贴邻王囡囡豆腐店里的司务。每天穿着褴褛的衣服，坐在店门口包豆腐干。人们简称他为"阿三"。阿三独身无家。

那时盛行彩票，又名白鸽票。这是一种大骗局。例如：印制三万张彩票，每张一元。每张分十条，每条一角。每张每条都有号码，从一到三万。把这三万张彩票分发全国通都大邑。卖完时可得三万元。于是选定一个日子，在上海某剧场当众开彩。开彩的方法，是用一个大球，摆在舞台中央，三四个人都穿紧身短衣，袖口用带扎住，表示不得作弊。然后把十个骰子放进大球的洞内，把大球摇转来。摇了一会，大球里落出一只骰子来，就把这骰子上的数字公布出来。这便是头彩的号码的第一个字。台下的观众连忙看自己所买的彩票，如果第一个数字与此相符，就有一线中头彩的希望。笑声、叹声、叫声，充满了剧场。这样地表演了五次，头彩的五个数目字完全出现了。五个字完全对的，是头彩，得五千元；四个字对的，是二彩，得四千元；三个字对的，是三彩，得三千元……这样付出之后，办彩票的所收的三万元，净余一半，即一万五千元。这是一个很巧妙的骗局。因为买一张的人是少数，普通都只买一条，一角钱，牺牲了也有限。这一角钱往往像白鸽一样一去不回，所以又称为"白鸽票"。

只有我们的歪鲈婆阿三，出一角钱买一条彩票，竟中了头彩。事情是这样：发卖彩票时，我们镇上有许多商店担任代售。这些商店，大概是得到一点报酬的，我不详悉了。这些商店门口都贴一张红纸，上写"头彩在此"四个字。有一天，歪鲈婆阿三走到一家糕饼店门口，店员对他说："阿三！头彩在此！买一张去吧。"对面咸鲞店里的小麻子对阿三说："阿三，我这一条让给你吧。我这一角洋钱情愿买香烟吃。"小麻子便取了阿三的一角洋钱，把一条彩票塞在他手里了。阿三将彩票夹在破毡帽的帽圈里，走了。

大年夜前几天，大家准备过年的时候，上海传来消息，白鸽票开彩了。歪鲈婆阿三的一条，正中头彩。他立刻到手了五百块大洋，（那时米价每担二元半，五百元等于二百担米。）变成了一个富翁。咸鲞店里的小麻子听到了这消息，用手在自己的麻脸上重重地打了三下，骂了几声"穷鬼！"歪鲈婆阿三没有家，此时立刻有人来要他去"招亲"了。这便是镇上有名的私娼俞秀英。俞秀英年约二十余岁，一张鹅蛋脸生得白嫩，常常站在门口卖俏，勾引那些游蜂浪蝶。她所接待的客人全都是有钱的公子哥儿，豆腐司务是轮不到的，但此时阿三忽然被看中了。俞秀英立刻在她家里雇起四个裁缝司务来，替阿三做花缎袍子和马褂。限定年初一要穿。四个裁缝司务日夜动工，工钱加倍。

到了年初一，歪鲈婆阿三穿了一身花缎皮袍皮褂，卷起了衣袖，在街上东来西去，大吃大喝，滥赌滥用。几个穷汉追随他，问他要钱，他一摸总是两三块银洋。有的人称他"三兄""三先生""三相公"，他的赏赐更丰。那天我也上街，看到这情况，回来告诉我母亲。正好豆腐店的主妇定四娘娘在我家闲谈。母亲对定四娘娘说："把阿三脱下来的旧衣裳保存好，过几天他还是要穿的。"

　　果然，到了正月底边，歪鲈婆阿三又穿着原来的旧衣裳，坐在店门口包豆腐干了。只是一个崭新的皮帽子还戴在头上。把作司务[1]钟老七衔着一支旱烟筒，对阿三笑着说："五百只大洋！正好开爿小店，讨个老婆，成家立业。现在哪里去了？这真叫做没淘剩[2]！"阿三管自包豆腐干，如同不听见一样。我现在想想，这个人真明达！货悖而入者，亦悖而出；来路不明，去路不白。他深深地懂得这个至理。我年逾七十，阅人多矣。凡是不费劳力而得来的钱，一定不受用。要举起例子来，不知多少。歪鲈婆阿三是一个突出的例子。他可给千古的人们作借鉴。自古以来，荣华难于久居。大观园不过十年，金谷园更为短促。我们的阿三把它浓缩到一个月，对于人世可说是一声响亮的警钟，一种生动的现身说法。

---

[1] 把作是"把持作坊"的意思。把作司务就是在作坊中负责技术的司务。

[2] 没淘剩，作者家乡话，意即没出息。

四轩柱

　　我的故乡石门湾，是运河打弯的地方，又是春秋时候越国造石门的地方，故名石门湾。运河里面还有条支流，叫做后河。我家就在后河旁边。沿着运河都是商店，整天骚闹，只有男人们在活动；后河则较为清静，女人们也出场，就中有四个老太婆，最为出名，叫做四轩柱。

　　以我家为中心，左面两个轩柱，右面两个轩柱。先从左面说起。住在凉棚底下的一个老太婆叫做莫五娘娘。这莫五娘娘有三个儿子，大儿子叫莫福荃，在市内开一爿杂货店，生活裕如。中儿子叫莫明荃，是个游民，有人说他暗中做贼，但也不曾破过案。小儿子叫木铳阿三，是个戆大[1]，不

[1]　木铳和戆大都是指戆头戆脑的人。

会工作，只会吃饭。莫五娘娘打木铳阿三，是一出好戏，大家要看。莫五娘娘手里拿了一根棍子，要打木铳阿三。木铳阿三逃，莫五娘娘追。快要追上了，木铳阿三忽然回头，向莫五娘娘背后逃走。莫五娘娘回转身来再追，木铳阿三又忽然回头，向莫五娘娘背后逃走。这样地表演了三五遍，莫五娘娘吃不消了，坐在地上大哭。看的人大笑。此时木铳阿三逃之夭夭了。这个把戏，每个月总要表演一两次。有一天，我同豆腐店王囡囡坐在门口竹榻上闲谈。王囡囡说："莫五娘娘长久不打木铳阿三了，好打了。"没有说完，果然看见木铳阿三从屋里逃出来，莫五娘娘拿了那根棍子追出来了。木铳阿三看见我们在笑，他心生一计，连忙逃过来抱住了王囡囡。我乘势逃开。莫五娘娘举起棍子来打木铳阿三，一半打在王囡囡身上。王囡囡大哭喊痛。他的祖母定四娘娘赶出来，大骂莫五娘娘："这怪老太婆！我的孙子要你打？"就伸手去夺她手里的棒。莫五娘娘身躯肥大，周转不灵，被矫健灵活的定四娘娘一推，竟跌到了河里。木铳阿三毕竟有孝心，连忙下水去救，把娘像落汤鸡一样驮了起来，幸而是夏天，单衣薄裳的，没有受冻，只是受了些惊。莫五娘娘从此有好些时不出门。

第二个轩柱，便是定四娘娘。她自从把莫五娘娘打落水之后，名望更高，大家见她怕了。她推销生意的本领最大。上午，乡下来的航船停埠的时候，定四娘娘便大声推销货物。她熟悉人头，见农民大都叫得出："张家大伯！今天的千张格外厚，多买点去。李家大伯，豆腐干是新鲜的，拿十块去！"就把货塞在他们的篮里。附近另有一家豆腐店，是陈老五开的，生意远不及王囡囡豆腐店，就因为缺少像定四娘娘的一个推销员。定四娘娘对附近的人家都熟悉，常常穿门入户，进去说三话四。我家是她的贴邻，她来得更勤。我家除母亲以外，大家不爱吃肉，桌上都是素菜。而定四娘娘来的时候，大都是吃饭时候。幸而她像《红楼梦》里的凤姐一样，人没有进来，声音先听到了。我母亲听到了她的声音，立刻到橱里去拿出一碗肉来，放在桌上，免得她说我们"吃得寡薄"。她一面看我们吃，一面同我母亲闲谈，报告她各种新闻：哪里吊死了一个人；哪里新开了一爿什么店；汪宏泰的酥糖比徐宝禄的好，徐家的重四两，汪家的有四两五；哪家的姑娘同哪家的儿子对了亲，分送的茶枣讲究得很，都装锡罐头；哪家的姑娘养了个私生子，等等。我母亲爱听她这种新闻，所以也很欢迎她。

第三个轩柱，是盆子三娘娘。她是包酒馆里永林阿四的祖母。他的已死的祖父叫做盆子三阿爹，因为他的性情很坦，像盆子一样[1]；于是他的妻子就也叫做盆子三娘娘。其实，三娘娘的性情并不坦，她很健谈。而且消息灵通，远胜于定四娘娘。定四娘娘报道消息，加的油盐酱醋较少；而盆子三娘娘的报道消息，加入多量的油盐酱醋，叫它变味走样。所以有人说："盆子三娘娘坐着讲，只能听一半；立着讲，一句也听不得。"她出门，看见一个人，只要是她所认识的，就和他谈。她从家里出门，到街上买物，不到一二百步路，她来往要走两三个钟头。因为到处勾留，一勾留就是几十分钟。她指手画脚地说："桐家桥头的草棚着了火了，烧杀了三个人！"后来一探听，原来一个人也没有烧杀，只是一个老头子烧掉了些胡子。"塘河里一只火轮船撞沉了一只米船，几十担米全部沉在河里！"其实是米船为了避开火轮船，在石埠子上撞了一下，船头里漏了水，打湿了几包米，拿到岸上来晒。她出门买物，一路上这样地讲过去，有时竟忘记了买物，空手回家。盆子三娘娘在后河一带确是一

[1] 坦，按作者家乡方言是慢的意思。与盆子（即盘子）平坦的坦谐音。

个有名人物。但自从她家打了一次官司，她的名望更大了。

事情是这样：她有一个孙子，年纪二十多岁，做医生的，名叫陆李王。因为他幼时为了要保证健康长寿，过继给含山寺里的菩萨太君娘娘，太君娘娘姓陆。他又过继给另外一个人，姓李。他自己姓王。把三个姓连起来，就叫他"陆李王"。这陆李王生得眉清目秀，皮肤雪白。有一个女子看上了他，和他私通。但陆李王早已娶妻，这私通是违法的。女子的父亲便去告官。官要逮捕陆李王。盆子三娘娘着急了，去同附近有名的沈四相公商量，送他些礼物。沈四相公就替她作证，说他们没有私通。但女的已经招认。于是县官逮捕沈四相公，把他关进三厢堂。（是秀才坐的牢监，比普通牢监舒服些。）盆子三娘娘更着急了，挽出她包酒馆里的伙计阿二来，叫他去顶替沈四相公。允许他"养杀你[1]"。阿二上堂，被县官打了三百板子，腿打烂了。官司便结束。阿二就在这包酒馆里受供养，因为腿烂，人们叫他"烂膀[2]阿二"。这事件轰动了全石门湾。盆子三娘娘的名望由此增大。就有人把这事编成评弹，到处演唱卖钱。我家附近有

[1] 养杀你，意即供养你一辈子直到老死。

[2] 烂膀，意即烂腿。

一个乞丐模样的汉子，叫做"毒头[1]阿三"。他编的最出色，人们都爱听他唱。我还记得唱词中有几句："陆李王的面孔白来有看头，厚底鞋子寸半头，直罗[2]汗巾三转头，……"描写盆子三娘娘去请托沈四相公，唱道："水鸡[3]烧肉一碗头，拍拍胸脯点点头。……"全部都用"头"字，编得非常自然而动听。欧洲中世纪的游唱诗人（troubadour, minnesinger），想来也不过如此吧。毒头阿三唱时，要求把大门关好。因为盆子三娘娘看到了要打他。

第四个轩柱是何三娘娘。她家住在我家的染作场隔壁。她的丈夫叫做何老三。何三娘娘生得短小精悍，喉咙又尖又响，骂起人来像怪鸟叫。她养几只鸡，放在门口街路上。有时鸡蛋被人拾了去，她就要骂半天。有一次，她的一双弓鞋晒在门口阶沿石上，不见了。这回她骂得特别起劲："穿了这双鞋子，马上要困棺材！""偷我鞋子的人，世世代代做小娘（即妓女）！"何三娘娘的骂人，远近闻名。大家听惯了，便不当一回事，说一声"何三娘娘又在骂人了"，置之

---

[1]　毒头，意即神经病或傻瓜。

[2]　直罗，即有直的隐条的丝织品。

[3]　水鸡，即甲鱼。

不理。有一次，何三娘娘正站在阶沿石上大骂其人，何老三喝醉了酒从街上回来，他的身子高大，力气又好，不问青红皂白，把这瘦小的何三娘娘一把抱住，走进门去。何三娘娘的两只小脚乱抖乱撑，大骂"杀千刀！"旁人哈哈大笑。

何三娘娘常常生病，生的病总是肚痛。这时候，何老三便上街去买一个猪头，扛在肩上，在街上走一转。看见人便说："老太婆生病，今天谢菩萨。"谢菩萨又名拜三牲，就是买一个猪头，一条鱼，杀一只鸡，供起菩萨像来，点起香烛，请一个道士来拜祷。主人跟着道士跪拜，恭请菩萨醉饱之后快快离去，勿再同我们的何三娘娘为难。拜罢之后，须得请邻居和亲友吃"谢菩萨夜饭"。这些邻居和亲友，都是送过份子的。份子者，就是钱。婚丧大事，送的叫做"人情"，有送数十元的，有送数元的，至少得送四角。至于谢菩萨，送的叫做"份子"，大都是一角或至多两角。菩萨谢过之后，主人叫人去请送份子的人家来吃夜饭。然而大多数不来吃。所以谢菩萨大有好处。何老三掮了一个猪头到街上去走一转，目的就是要大家送份子。谢菩萨之风，在当时盛行。有人生病，郎中看不好，就谢菩萨。有好些人家，外面在吃谢菩萨夜饭，里面的病人断气了。再者，谢菩萨夜饭的

猪头肉烧得半生不熟，吃的人回家去就生病，亦复不少。我家也曾谢过几次菩萨，是谁生病，记不清了。总之，要我跟着道士跪拜。我家幸而没有为谢菩萨而死人。我在这环境中，侥幸没有早死，竟能活到七十多岁，在这里写这篇随笔，也是一个奇迹。

阿　庆 [1]

　　我的故乡石门湾虽然是一个人口不满一万的小镇，但是附近村落甚多，每日上午，农民出街做买卖，非常热闹，两条大街上肩摩踵接，推一步走一步，真是一个商贾辐辏的市场。我家住在后河，是农民出入的大道之一。多数农民都是乘航船来的，只有卖柴的人，不便乘船，挑着一担柴步行入市。

　　卖柴，要称斤两，要找买主。农民自己不带秤，又不熟悉哪家要买柴。于是必须有一个"柴主人"。他肩上扛着一支大秤，给每担柴称好分量，然后介绍他去卖给哪一家。柴主人熟悉情况，知道哪家要硬柴，哪家要软柴，分配各得其

[1]　本篇原载 1983 年 2 月 9 日《文汇报》。

所。卖得的钱，农民九五扣到手，其余百分之五是柴主人的佣钱。农民情愿九五扣到手，因为方便得多，他得了钱，就好扛着空扁担入市去买物或喝酒了。

我家一带的柴主人，名叫阿庆。此人姓什么，一向不传，人都叫他阿庆。阿庆是一个独身汉，住在大井头的一间小屋里，上午忙着称柴，所得佣钱，足够一人衣食，下午空下来，就拉胡琴。他不喝酒，不吸烟，唯一的嗜好是拉胡琴。他拉胡琴手法纯熟，各种京戏他都会拉。当时留声机还不普遍流行，就有一种人背一架有喇叭的留声机来卖唱，听一出戏，收几个钱。商店里的人下午空闲，出几个钱买些精神享乐，都不吝惜。这是不能独享的，许多人旁听，在出钱的人并无损失。阿庆便是旁听者之一。但他的旁听，不仅是享乐，竟是学习。他听了几遍之后，就会在胡琴上拉出来。足见他在音乐方面，天赋独厚。

夏天晚上，许多人坐在河沿上乘凉。皓月当空，万籁无声。阿庆就在此时大显身手。琴声婉转悠扬，引人入胜。浔阳江头的琵琶，恐怕不及阿庆的胡琴。因为琵琶是弹弦乐器，胡琴是摩擦弦乐器。摩擦弦乐器接近于肉声，容易动人。钢琴不及小提琴好听，就是为此。中国的胡琴，构造比小提琴简单得多。但阿庆演奏起来，效果不亚于小提琴，这完全是心灵手巧之故。有一个青年羡慕阿庆的演奏，请他教授。阿庆只能把内外两弦上的字眼——上尺工凡六五乙仕——教给他。此人按字眼拉奏乐曲，生硬乖异，不成腔调。他怪怨胡琴不好，拿阿庆的胡琴来拉奏，依旧不成腔调，只得废然而罢。记得西洋音乐史上有一段插话：有一个非常高明的小提琴家，在一只皮鞋底上装四根弦线，照样会奏出美妙的音乐。阿庆的胡琴并非特制，他的心手是特制的。

笔者曰：阿庆孑然一身，无家庭之乐。他的生活乐趣完全寄托在胡琴上。可见音乐感人之深，又可见精神生活有时可以代替物质生活。感悟佛法而出家为僧者，亦犹是也。

小学同级生

科举废后，石门湾最初开办小学堂，用西竺庵里面的祖师殿为校舍，名曰溪西小学堂，后来改名石门县立第三小学校。我是这学校的第一级学生。这第一级一共只有七个学生，现在除了我一人老不死之外，其余六人都早已死去，而且都不是终天年的——一人病死，五人横死。

病死的叫沈元。毕业时我考第一，他考第二，我们两人一同到杭州入第一师范学校。五年毕业后，我到上海办学，到东京游学；他就回故乡当这小学的校长，一直当到死。初级师范毕业生应该当小学教师。沈元恪守这制度，为桑梓小学教育服务到底。抗日战争开始，石门湾沦陷，沈元生根在故乡，离乡则如鱼失水，只得躲在农村里。他家的房屋烧毁了。学校停办了，他便忧恼成病而死。我于沦陷前十余天觅

064

得一船，载了家眷亲戚共十二人逃向杭州，经过五河泾时，望见沈元在路旁的一所茶店里吃茶，彼此打一招呼，这便是永别了。后来听说他是生伤寒病，没有医药，听其自死的。

横死的五个人，其一叫C，是附近北泉村人。此人在学时国文很好，而别的功课不好，所以毕业时考第三名。毕业后不升学，就在家乡鬼混，后来到石门县里去当了什么差使，竟变成了一个讼师，包揽讼事，鱼肉乡民。敌伪时期中，他结识了一个大恶霸Y，当了他的军师。这Y是本地人，绰号"柴头阿三"，同我还有一点亲戚关系：我的远房伯父丰亚卿的女儿，婴孩时许配给他，不久就死了。但既经父定，他便是丰家的女婿，和我是郎舅之亲。所以抗战胜利后我从重庆回上海，到家乡探望亲友时，这Y曾经来招待我，在家里办了一桌酒请我吃。这时候他家住在包厅，排场很阔。他的老婆叫E，也是本地人。听说有一次Y出门去了，有一个男人来看E，在她房里坐地。不料Y因遗忘物件，回转来取，看见了这男人，摸出手枪来把他打死。可知他是一个杀人不眨眼的魔王。我因为早就传闻此人的行径，所以不欲同他交往，然而故乡族人和亲友都怕他，劝我非敷衍他不可，因此我只得受他招待。而我的同级友C，正是这个魔王的军师。Y不识字，C替他代笔，Y狠而无谋，C替他划策。他对C是心悦诚服，言听计从的。C假手Y而杀死的人，不知凡几。后来Y不知去向，不知逃到哪里去了。C恶贯满盈，被抓去就地正法。抗战胜利，我从重庆还乡时，曾见到他。他告诉我：敌伪时期，他坐在家里，一个日本兵从他门口走过，对他开了一枪。幸而打得不准，子弹从身旁飞过，没有打死他。后来我想：你那时被打死了，胜如现在就地正法。

第二个横死的叫L，是高家湾人。此人在家乡包揽讼事，鱼肉乡民；奸淫妇女，横行不法。后来和C同时就地正法。此人在校是插班生，我和他不熟悉，详情不知。

第三个横死的叫W，是石门湾首富Z的独子。Z开米店，其店就在我家染店的斜对河。Z每天从对河走过，人们都说他走路时两手掉动像龟手，是发财相。他既发财，对W这独子当然宠爱，W在校中，衣裳穿得最漂亮，上海初有皮鞋，他就穿了，上海初有铅笔，他就用了。沪杭初通火车，他首先由父亲伴着去乘了。乘了回来吹牛给同学们听，说火车走得极快，两旁的电线木同栅栏一样。听者为之咋舌。辛亥革命了，他把辫子盘在头顶，穿一件淡蓝色扯襟长袍，招摇过市，见者无不啧啧称赏。总之，那时的 W，是石门湾的天之骄子。小学毕业之后，我赴杭州求学，难得回乡，对 W 日渐生疏。但闻知他的父亲死了，他当了家，在家里纳福。有一个无业游民叫 Q 的，也是小学的同学，不过年级比我们低。此人做了 W 的跑腿，天天在他家里进出，沾点油水，所以人们称他为"火腿上的绳"。抗战开始，我率眷西行，W 的情况全然不知。抗战胜利后我回乡一行，才知道 W 已迁居城内，没有见面。解放后，我居上海，传闻 W 为壁报作画，获得好评。原来他在小学时就以善画出名，人们称他为"小画家"。后来，听说 Q 到浙江某地劳动，在那里揭发了 W 的一件命案。于是 W 被捕入狱。他一向是养尊处优，锦衣玉食的，哪里吃得消铁窗生活，不久就死在牢狱里了。他有一个女儿，昔年我曾见过，相貌很像她父亲。听说是个很能干的医务工作者。

第四第五两个横死的，是魏氏兄弟，即魏堂，字颂声，魏和，字达三。魏颂声小学毕业后，曾到上海入某体育学校。后来受人劝诱到新加坡去当教师。在那热带上住了数年，得了严重的眼疾，戴了黑眼镜回乡，就在母校里当体操音乐教师。然而家里的老婆已经走脱了。……此时我早已离乡，奔走各地，一直不知道魏颂声的情况。直到解放那年，我住在上海福州路时，有一天来了一个不相识的女人。我问她你是谁家宅眷，她说"我是魏颂声家的"，说罢泣不能抑。我不胜惊诧，忙问她颂声情况，她边哭边说地答道："死了。""什么毛病？""是吊死的！""哎呀！"慢慢地问她，才知道她是颂声的续弦，颂声在奉贤当小学教师，薪水微薄，一家四口难于活命，他自己又要吸烟喝酒。债台高筑，告贷无门。有一天她早上起来，看见颂声吊在门框上，已经冰冷了。桌上放着一个空空的烧酒瓶，他是喝醉了上吊的。古来都说酒能消愁，他的酒竟把愁根本消除了。我安慰她一番，拿出十万元（即今十元）来送她，作为吊仪，她道谢告辞，下文不得而知。

他的兄弟魏达三，另有一种横死法。此人小学毕业后，从师学医，挂牌开业，医道颇高，渐渐名闻遐迩。但架子也渐渐大起来。有时喝醉了酒，不肯出诊，要三请四请才能请到。有一天，就是日本鬼在金山卫登陆那一天，上午听见远处轰响，大家说是县城里被炸，但大家又自慰："我们这小镇，请他来炸他也不肯来的。"这一天下午，附近乡村人来请魏达三出诊，放了一只船来。魏达三说今天没空，不能下乡，明天上午去吧。那时如果有人预知未来，一定要苦劝他赶快上船，保全性命。然而他竟到东市某家去看病了。正在诊病，日本飞机来了，炸弹纷纷投下，居民东奔西窜，哭喊连天。魏达三认为屋里危险，怕房子坍下来压死，便逃出后门，走进桑地里躲避。正好一个炸弹投下来，弹片削去了他的右臂，当场毙命。那只手臂抛在远处，手指还戴着一个金指环，被趁火打劫的人取了去。那时我一家人躲在屋里，炸弹落在离开我屋约五丈的地方，桌上的热水瓶、水烟管都翻落地上，幸而人没有被炸死。当天大家纷纷下乡避难，全镇变成死市。魏达三的尸体如何收拾，不得而知。后来听人说，那天东市病家门外的桑地里，桑树上挂着许多稻柴，大约敌机望下来以为是兵，所以投下许多炸弹，而魏达三躬逢其盛。此后约半个月，我就率眷逃往杭州，桐庐，辗转到达萍乡，长沙，桂林，故乡的情况不得而知了。

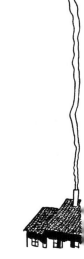

S 姑娘

　　我们这所百年老屋，是三开间三进。第一进靠街，两间是我家的染店，一间是五叔家的医店。第二第三进，中央是我家，左面是堂兄嘉林家，右面是五叔家。两边都有厢房，独我家居中，没有厢房。幸而嘉林家人少，只住楼上，楼下都借给我家，借此勉强可住。五叔家最后一进，划分为二，最后一间及其楼上，租给 S 姑娘住，经常走后门进出。所以 S 姑娘不但是我们的邻居，竟是同住一屋子的人。

　　S 姑娘生得长身纤足，一张鹅蛋脸经常涂脂抹粉；说起话来声音像银铃一般，外加悠扬婉转。她赘一个丈夫，叫做 T。T 本家姓 H，……入赘后改名 T。此人那副尊容，实在生得特别，额上皱纹无数，两只眼睛细得没处寻找，鼻孔向天，牙齿暴出，竟像一个猪头。名字……已经俗气得太露骨

了，再加之以这副尊容，竟成了一个蠢汉。然而此人心地极好，忠厚谦恭，老婆骂得无论怎样厉害，他从来不还嘴。但旁人都说，S 姑娘"一朵鲜花插在狗屎里了"。

为此，S 姑娘不要 T 住在家里，叫他经常住在戏台底下的炮仗店里。这炮仗店原是 T 开的。他做炮仗很有本领，大炮，鞭炮，雪炮，流星，水老鼠，金转银盘，万花筒等他都会做。他这店里只有他一个人，自饮自食，独居独宿，S 姑娘召唤，才回家去。回家大都是为了忌日祭祖宗，要他去叩头。叩过头，吃过饭，仍回店去。有一次，T 去后，S 姑娘大骂"笨畜生"，因为 T 收祭品时把一碗酒挂在篮里，S 姑娘取篮时酒倒翻了，淋了一衣袖酒。她高声地骂给隔壁五娘娘听，连我们灶间里也听得到，于是大家笑 T 怕老婆。S 姑娘骂完后的结论是："所以我不许他回家。"

S 姑娘租这间房子，很有妙用。她走后门进出，后门外是一条小街，叫做梅纱弄，这弄极小，很少有人走过。S 姑娘的情夫就可自由出入。她的情夫有两人，一人是开杂货店的 M，另一个是富家子 C。石门湾地方小，人的活动难于隐瞒，S 姑娘偷野老公，几乎无人不晓。就有两个闲汉来捉奸。一个叫 Z，是个泼皮。人都叫他"吃屎"。因为他的名字发音和"吃屎（读如污）"相似。这是一个无业游民，专以敲竹杠为生。据说 M 和 C 经常开销他。如果不开销了，他就要捉奸。另一个人叫烂污阿二。姓名一向不传，人都叫他"烂污"或"阿二"或全称为"烂污阿二"。这人的确撒过大烂污：有一次，他同某女人通奸，女人的丈夫痛打女人，女人吊死了。这丈夫便把烂污阿二捉来，把这奸夫和女尸周身脱得精光，用绳子紧紧地捆在一起，关在一个空房子里，关了三天。这正是炎夏天气，尸身烂了，烂污阿二身上滚满了烂肉，爬满了蛆虫。放出来时，他居然不死，而撒烂污的名声更大了。他住的地方较远，消息不大灵通，来捉奸的机会较少。我只记得有一天黄昏，烂污阿二敲 S 姑娘的后门，C 连忙走前门逃走。五叔家的店门是不开的，他只得走中央，正好我父亲在喝酒。他穷极智生，向我父亲拱一拱手说："三伯，我要请你写一把扇子。"说罢一缕烟走了。S 姑娘却在里面大骂烂污阿二："捉奸捉双！你污人清白，同你到街坊去评理！"

S 姑娘有一个儿子，叫做 R。此人相貌全像他父亲 T，而愚笨无比，七八岁了连话也说不清楚。有一次我听见他在唱："吃也晓，恶也要，半末恶衣吃，见交也衣好……"我听不懂，后来才知道是他母亲教他唱的："青菱小，红菱老，不问红与青，只觉菱儿好。……"R大了，S姑娘给他讨个老婆，这老婆也善于偷汉，本领不亚于S姑娘。抗日战争初期，R被日本鬼拉去，不知所终。

乐　生

　　乐生是我的远房堂兄。他的父亲叫亚卿，我们叫他亚卿三大伯，或麻子三大伯。亚卿曾在我们的染店里当管账，乐生就在店里当学徒。因此我和乐生很熟悉，下午店里空了，乐生就陪我玩。

　　乐生的玩法，异想天开，与众不同，还带些恶毒性，但实际上并不怎么危害人。我对他有些向往，就因为爱好这种恶毒性。例如：他看到一条百脚[1]，诱它出来，用剪刀把它的两只钳剪去。百脚是以钳为武器的，如今被剪去了，就如缴了械，解除了武装，不可怕了。乐生便把它藏在衣袖里，任他在身上爬来爬去。他突然把百脚丢在别人身上，那人吓

....

[1]　百脚，即蜈蚣。

了一大跳。有几个小孩，竟被他吓得大哭。有一次，我母亲出来，在店门口坐坐。乐生乘其不备，把这条百脚放在她肩上了。我母亲见了，大吃一惊，乐生立刻走过去把百脚捉了，藏入袋里，使得我母亲又吃一惊。又有一次，他向他的父亲麻子三大伯讨零用钱，他父亲不给。他便拿出百脚来，丢在他臂上。麻子三大伯吓了一跳，连忙用手来掸，岂知那百脚落在他背脊上了，没有离身。他向门角落里拿起一根门闩，要打乐生。乐生在前面逃，他背着百脚拿着门闩在后面追，街上的人大笑。乐生转一个弯，不见了，麻子三大伯背着百脚拿着门闩站着喘气。有人替他掸脱了百脚。一只鸡看见了，跑过来啄了两三口，把百脚全部吞下去了。这鸡照旧仰起了头踱来踱去，若无其事。可知鸡的胃消化力很强。这百脚已无钳无毒。倘是有钳有毒的，它照样会消化，把毒当作营养品。记得我的大姐扎珠花，嫌珠子不圆，把它灌进鸡嘴巴里。过了一会，把鸡杀了，取出珠子来，已浑圆了。可见其消化力之强。闲话少讲。

　　乐生对于百脚，特别感到兴趣。上述的办法玩腻之后，他又另想办法。把一根竹，两头削尖，弯成弓形，钉住百脚的头和尾，两手一放，百脚就成了弓弦。这叫做百脚弓。他

把百脚弓挂在墙上，到第三日，那百脚还不曾死，脚还在抖动。所以说：百足之虫，死而不僵。但这办法太残忍了。百脚原是害虫，应该杀死。但何必用这等残酷的刑罚呢。但这是我现在的想法，当时我也木知木觉。且说百脚干燥之后，居然非常坚韧，可作弓弦，用竹签子射箭，见者无不惊叹乐生这种杰作。

乐生另有一种杰作，实在恶毒得可以。有一天晚上，我同他两人在店堂里，他悄悄地拿出一包头发来，不知是从哪里弄来的，用剪刀剪得很细，像黑粉末。我问他做什么用，他说你明天自会知道。到了明天下午，店里空了，隔壁的道士先生顾芷塘来坐在店门口，和人谈闲天。乐生乘其不备，拿一把头发粉末来撒在他的后头骨下面的项颈里了。这顾芷塘的项颈生得很长，人们说他是吹笙的，笙是吸的，便把项颈吸得很长了。因为项颈长，所以衣领后头很宽，可容许多头发粉末。顾芷塘起先不觉得什么，后来觉得痒了，伸手去搔，越搔越痒。那些头发粉末落下去，粘在背脊上，顾芷塘只得撩起衣服来，弯进手臂去搔。同时自言自语："背脊上痒得很，难道生虱子了？我家没有虱子的呀。"终于痒得熬不住，便回家去换衣裳了。

管账先生何昌熙也着过这道儿。何昌熙坐在账桌边写账，乐生假作用鸡毛帚掸灰尘，把一把头发粉末撒在他项颈里了。何昌熙是个大块头，一时木知木觉，后来牵动衣裳，越牵越痒，嘴里不住地骂人。乐生和我却在暗笑。丫头红英吃过不少次数。因为红英常常坐在店门口阶沿上剖鱼或洗衣服，乐生凭在柜台上，居高临下，撒下去正好落在项颈里。此外，乐生拿了这包宝贝上街去，谁吃他亏，不得而知了。这些都是顽皮孩子的恶作剧，算不得作恶为非，但他还有招摇撞骗行径呢。

上午，街上正闹的时候，乐生拿了一碗水在人丛中走。看到一个比较阔绰的人，有意去碰他一下，那碗水倒翻在地上了。乐生惊喊起来："啊呀！我这两角洋钱烧酒被你碰翻了！奈末[1]我的爷要打杀我了！要你赔！要你赔！"他竟哭出眼泪来了。那人没奈何，只得赔他两角洋钱。

乐生早死。他的儿子叫舜华，听说在肉店经商，现在不知怎样，几十年没消息了。

　　　　　　　　　　..

[1]　奈末，江南一带方言，意即这下子。

宽　盖

五十多年前，我约二十岁的时候，在杭州师范学校肄业。有一天我的图画音乐老师李叔同先生带我到玉泉去看一位程中和先生。此人在第二次革命时曾经当过师长，忽然看破红尘，放下屠刀，即将在虎跑寺出家为僧，暂住在玉泉做准备工作。李先生此时也已立志出家，是他的同志，因此去看望他。所以带我同去者，为了出家前后有些事要我帮助。程中和先生是安徽人，年约四十左右，面部扁平，口角常带笑容。这慈祥之相，不配当军人，正宜做和尚。不久他在虎跑出家，法名弘伞；李先生相继出家，法名弘一，两人是师弟兄。

弘一法师云游各地，不常在杭州。弘伞法师则做了虎跑寺的当家，但常住在虎跑下院招贤寺。有一时我在招贤寺旁租屋而居，与弘伞法师为邻。他常到我家坐谈，但我不须敬茶敬烟。因为他主张物质生活极度简化，每天上午吃十个实心馒头，一大碗盐汤，就整天不再吃饭吃茶。烟本来不吸。所以他来坐谈，真是清谈。我敬佩他这生活革命。设想他在俗时，一定不是如此清苦。一念之转，竟判若两人。可见其皈依三宝的信心是异常坚贞的。

抗战胜利后某日，弘伞法师因事到上海，寓居在城内关帝庙中。忽有一男子进来找他，跪下来抱住了他的脚，痛哭流涕，不知所云。弘伞法师拉他起来，质问情由，方知道此人名叫某某（我记不起来了），敌伪时代曾经当过特务，用手枪打死不少人，现在忏悔了，决心放下手枪，出家为僧，请求弘伞法师接引。弘伞法师自己也是拿过手枪的，看了他那痛哭流涕之状，十分同情，立刻给他摩顶受戒，取法名曰宽盖，带他回杭州，在虎跑寺修行。

这位宽盖法师非常能干。他到虎跑后，勤劳办事，使得寺内百废俱兴。弘伞法师十分得意，曾经向我夸奖此人，认为这是风尘中的奇迹。也是佛教界的胜缘。他非常信任他，就把虎跑寺的大权交给他，连自己的图章也交他保管。弘伞法师自己就常住在招贤寺，勤修梵行。宽盖不时来招贤寺向

师父报告虎跑近况，弘伞法师曾带他来看我，所以我也认识他，但见此人身材高大，眼角倒竖，一脸横肉，和底下的僧衣颇不相称。好像是鲁智僧之流。

过了几时，宽盖法师来邀我到虎跑寺去吃斋，说是新近替师父在虎跑造了一间房子，请我和马一浮先生去参观。我如期而往，但见寺后山坡上竹林深处，建着一间红屋顶的小洋房。其中前为客室，后为卧房；铜床、沙发、镜台、屏帏，一应俱全。这不像僧房，竟是香闺。我口头赞美，心中纳罕。弘伞法师板起面孔说："何必造这房子，我不需要。"宽盖答说："师父赏光，这是弟子的一点孝心。"于是邀大家到外面的客堂去吃斋，素菜做得极好。

过了几时，忽然有一天杭州法院传弘伞，说有人控告他卖虎跑寺产田地若干亩，卖契上盖着他的图章，弘伞连忙找宽盖，宽盖正往上海去了。而法院传票接连而至。弘伞法师悄悄地逃出杭州，孤云野鹤一般不知去向了。后来听说他是逃到昆明，转赴缅甸去了。

不久，宽盖从上海带了一个女人来，供养在他替师父盖造的小洋房里。又带了一辆机器脚踏车来，常常载了那女人在西湖边上"噼啪噼啪"地兜圈子。有一次我到楼外楼吃饭，宽盖带了那女人也上来了。他向我招呼，满不在乎，我倒反而觉得难以为情。后来我离开杭州，此人的下场不得而知了。

小白之死 [1]

战后[2]的江湾的荒寂的夏日的朝晨，我整理了茶盘和纸烟匣，预备做这一日的人。贻孙苍白了脸，仓皇地闯进我的室内来。我听到他的发抖的叫声"娘舅……"的一瞬间，心中闪过一阵不祥的预感，知道今天所抽着的运命的签一定别致些了。因为贻孙在隔壁的学校里读书，现在正是上课的时候，无事不会来此；况且他是一个沉默而稳重的高中理科三年级生，平日课余来我这里闲耍，总是态度温雅，举止端详的，今天不是有非常的事，不会在清晨苍白了脸而闯进我的室内来。我用了"一·二八"之后在乡下探听上海战事消息时所用的一种感情，静听他的说话。

<hr>

[1]　本篇原载 1933 年 1 月《现代》杂志第 2 卷第 3 期。

[2]　战后，指 1932 年 1 月 28 日"一·二八"事变后。

"娘舅……叔父有病……厉害……"

最后的两个字，声音断续而很不明确。我的脑际立刻闪出一幅小白躺在床上待毙的想象图来。

"啊，小白病了？现在什么地方？你怎么知道？……"

"在医院里，银宝家派车夫阿三到学校里来叫我去……"

我继续问他什么病，现在病状如何，只见他的嘴唇只管发颤，过了好久，他用身体的方向指示在学校里的车夫阿三，断断续续地回答我说："据说不好了……"我的脑际好像电影开幕时的广告画的换片，立刻换了一幅小白僵卧在病院里的铁床上的想象图，然而并不确定，两幅图一隐一现地在我脑中开映。他的身体的转向把我从椅子里吸了起来，两人不约而同地向着学校走去。

学校的大门站着一个穿黑色短衣裤的人，红着眼睛，在那里盼望，我问了他，才知道小白于前日起忽患痢疾，已于今天死在时疫医院里，他是连夜不睡而看护他到死的人，现在银宝决定派他来叫贻孙。"我也去"，这三个字自动地从我的唇间落了出来。

不久我的身体被载在黄包车上，穿走在战争的遗迹间，向着小白的尸体而迫近去了。车行约有一小时之久，这一小时的冥想使我尝到了人生的浓烈的滋味。记得我以前到练市镇上的他的家里去的时候，我和他，他的老兄我的姐丈印池，三人常常通夜不寐，纵谈人生的种种问题。我们自然不是在那里讨论什么主义或什么哲学。但各把平日所感到而对他人不足道的感想肆无忌惮地说出来，互相批评或欣赏，颇足以舒展胸怀而慰藉心的寂寞。所以往往愈谈愈有兴味，直到窗下的火油灯光没却在晨光中而变成焦黄色的一粒的时候，方才各去睡觉。最近他别了他的老兄，独自旅居上海三德坊的友人家里，我去访问他，同他谈论贻孙高中毕业后升学的问题。这时候他微恙初愈，但见了我，谈兴还是很好，从升学问题谈到职业问题，社会问题，归根到人生问题，然而上海的紧张的空气与环境，不配作我们的从容的长谈的背景。我们的谈话不能延长，黄昏，我就同他分别。这回分别后的再聚，便是今朝了。从前我们的谈话中，也常常谈到死的问题。记得有一次半夜过后，我的阿姐从梦中醒来，撩开帐子一看，见我们三人正谈得兴高采烈。她是聋的，听不见我们的话，便招我过去问："你们在半夜里起劲地讲什么？"我浪漫地回答她"讲死"两个字，使得她叹一口气，懊丧地睡了。那时我们都是活人，不过空口地谈死的话，已觉得滋味比世俗的应酬和日常的问答浓烈得多，足使我在古典派的聋子的阿姐面前自炫其浪漫。现在，小白实践地死倒来，要我坐了黄包车去看，今天我所尝到的人生滋味，实在过于浓烈而有些热辣了。我坐在车中仰望苍天，礼赞运命之神的伟力。他现在正拿着那册运命的大帐簿，在我名下翻出一行来给我看。我看见写着："中华民国二十一年八月三日上午八时，你须得坐了黄包车去看你的朋友小白的尸体。"我想再看其次的一行写着要我做什么，他那帐簿早已闭拢了。

黄包车拉到了银宝家里。银宝家的客堂里坐着许多的人，眉头都颦蹙着。他们是小白的从兄弟及侄儿们，正在商办小白的后事。我和贻孙一到，就被两班人分别捉住，听他们从头诉说这突发的不幸事件的原委。有的详细地说述他的患病及进院的经过。有的精密地打算怎样把尸身从医院运到湖州会馆去办丧事的方法。有的猜谅练市本家的老太太、夫人，及老兄接到电报后的行动，又考虑怎样防止他们的过分的哀悼。有的屈指计算尸体上所应穿的寿衣，预备买衣料来赶紧去做。又有小白患病前所寄居的那人家的男子，拿了小白的遗物来当众人面前交付给银宝，说连一个铅笔蒂头都在这里面了。我对于这等诉述和商谈，只能用叹息或唯唯来应

对。我是预备尝人生的浓烈滋味而来和老友诀别的，但他们的诉述和商谈已把这滋味冲淡了。我举头望着天井里，想重番召集我的诀别老友的心情。我的眼睛看到了玻璃窗上的八个白粉笔字："哿矣富人，哀此茕独。"下面又注着三个小字"小白题"。我不期地叫道："唉！这字还是他写的！"这叫声引起了几声慨叹和暂时间的静默。

我知道这八个字，小白是为了"一·二八"战争逃难的民众而写的。"一·二八"事件的时候，小白正在闸北"躬逢其盛"。我从我的姐丈处间接知道他曾历尽艰苦而逃出战地，又冒了危险而进去营救他的病着的从兄，他亲眼看见商务印书馆的被毁，亲身被摄在虹口五洲大药房的捉人事件的照相中，登载在时报上。我久想觅个空闲的日子，和小白作一次长谈，倾听他的珍贵的阅历。可是为了战后谋生的忙碌，始终未曾偿愿。但猜想他那明白的头脑和透彻的眼光，在这一次意想不到的剧烈的市街战中，一定见到不少与我们所常谈的生死问题有密切关系的现象。想到这里，我不期地叫出："唉！我还想同小白谈话一次呢！"

下午，汽车把我载到了死一般静寂的闸北中兴路的湖州会馆的遗迹的门口。我随了众人走进遗迹中残存的几间破屋，就看见一所平屋的门口停着一个棺材，旁边二三个人在那里指点批评。有的说这货物卖二百四十块钱还算是便宜的，有的说照他的身家应该困这样的棺材。我明知道"小白要困这棺材"了。但"小白"的 subject〔主语〕和"困这棺材"的 predicate〔谓语〕，在我心中一时竟造不起 sentence〔句子〕来。我本能地觉得小白还活着，棺材是我们谈死的问题时所用的一种语材。但我立刻责备自己的心的幼稚。六七个月之前，横死在这片广大的遗迹上的人不知几千，不过我不曾认识他们罢了。小白在车夫阿三的看护之下病死在时疫医院里，又有许多亲族同他殡殓，比较起那几千人来，死得着实舒泰了，又何用我来惺惺怜惜呢？于是我也走上前去抚摸那棺材——我的老友的永久的本宅。

死一般静寂的环境中忽然听到汽车的叫声。不久一个西洋人和一个中国人扛着一只精美而清洁的病床向平屋走来，床上横着全部用白布包裹的小白的尸体。他们把这奇异的白布包抬到屋内铺设着的尸床上，由那外国人仔细地打开来，再用雪白的手巾把尸体揩抹干净，安放端整。然后向袋中摸出发票来，向治殡的人要钱，我听说这柩车是从万国殡仪馆借来的。从医院里载送到此，车费三十五两银子。我看见那外国人一路讲话，一路指点小白，似乎在那里讲价。小白则同雕像一般仰卧着，一任他们指点。

  我从那外国人进来的时候起，就默默地为小白念佛。现在叫人点起香烛来，让我向这老友作永远的告别。我拜伏在他的灵前，热诚地为他祈愿，愿他从此永离秽趣，早生西方极乐世界。南无阿弥陀佛。

       民国二十一年十月二十七日写

忆　弟 [1]

突然外面走进一个人来，立停在我面前咫尺之地，向我深深地作揖。我连忙拔出口中的卷烟而答礼，烟灰正擦在他的手背上，卷烟熄灭了，连我也觉得颇有些烫痛。

等他仰起头来，我看见一个衰老憔悴的面孔，下面穿一身褴褛的衣裤，伛偻地站着。我的回想在脑中曲曲折折地转了好几个弯，才寻出这人的来历。起先认识他是太，后来记得他姓朱，我便说道：

"啊！你是朱家大伯！长久不见了。近来……"

他不等我说完就装出笑脸接上去说：

"少爷，长久不见了，我现在住在土地庵里，全靠化点

---

[1]　本篇原载 1933 年 8 月《文学》杂志第 1 卷第 2 号。

香钱过活。少爷现在上海发财了？几位官官[1]了？真是前世修的好福气！"

我没有逐一答复他在不在上海，发不发财，和生了几个儿子；只是唯唯否否。他也不要求一一答复，接连地说过便坐下在旁边的凳子上。

我摸出烟包，抽出一支烟来请他吸，同时忙碌地回想过去。

二十余年之前，我十三四岁的时候，和满姐、慧弟[2]跟着母亲住在染坊店里面的老屋里。同住的是我们的族叔一家。这位朱家大伯便是叔母的娘家的亲戚而寄居在叔母家的。他年纪与叔母仿佛。也许比叔母小，但叔母叫他"外公"，叔母的儿子叫他"外公太太"（注：石门湾方言。称曾祖为太）。论理我们也该叫他"外公太太"；但我们不论。一则因为他不是叔母的嫡亲外公，听说是她娘家同村人的外公；且这叔母也不是我们的嫡亲叔母，而是远房的。我们倘对他攀亲，正如我乡俗语所说"攀了三日三夜，光绪皇帝是我表兄"了。二则因为他虽然识字，但是挑水果担的，而且

---

[1] 官官，作者家乡一带对小主人的称呼。
[2] 满姐，即作者的三姐丰满（梦忍）。慧弟，即作者的大弟丰浚（慧珠）。

年纪并不大，叫他"太太"有些可笑。所以我们都跟染坊店里的人叫他朱家大伯。而在背后谈他的笑话时，简称他为"太"。这是尊称的反用法。

太的笑话很多，发见他的笑话的是慧弟。理解而赏识这些笑话的只有我和满姐。譬如吃夜饭的时候，慧忽然用饭碗接住了他的尖而长的下巴，独自吃吃地笑个不住。我们便知道他是想起了今天所发见的太的笑话了，就用"太今天怎么样？"一句话来催他讲。他笑完了便讲：

"太今天躺在店里的榻上看《康熙字典》。竺官[1]坐在他旁边，也拿起一册来翻。翻了好久，把书一掷叫道：'竺字在哪里？你这部字典翻不出的！'太一面看字典，一面随口回答：'蛮好翻的！'竺官另取一册来翻了好久，又把书一掷叫道：'翻不出的！你这部字典很难翻！'他又随口回答：'蛮好翻的！再要好翻没有了！'"

讲到这里，我们三人都笑不可仰了。母亲催我们吃饭。我们吃了几口饭又笑了起来。母亲说出两句陈语来："食不言，寝不语。你们父亲前头……"但下文大都被我们的笑声

---

[1]　竺官，系店里的伙计。

淹没了。从此以后，我们要说事体的容易做，便套用太的语法，说"再要好做没有了"。后来更进一步。便说"同太的字典一样"了。现在慧弟的墓木早已拱了，我同满姐二人有时也还在谈话中应用这句古话以取笑乐。——虽然我们的笑声枯燥冷淡，远不及二十余年前夜饭桌上的热烈了。

有时他用手按住了嘴巴从店里笑进来，又是发见了太的笑话了。"太今天怎么样？"一问，他便又讲出一个来。

"竺官问太香瓜几钱一个，太说三钱一个，竺官说：'一钱三个？'太说：'勿要假来假去！'竺官向他担子里捧了三个香瓜就走，一面说着：'一个铜元欠一欠，大年夜里有月亮，还你。'太追上去夺回香瓜。一个一个地还到担子里去，口里唱一般地说：'别的事情可假来假去，做生意勿可假来假去！'"

讲到"别的事情都可假来假去"一句，我们又都笑不可仰了。

慧弟所发见的趣话，大都是这一类的。现在回想起来，他真是一个很别致的人。他能在寻常的谈话中随处发见笑的资料。例如嫌冷的人叫一声"天为什么这样冷"！装穷的人说了一声"我哪里有钱"！表明不赌的人说了一声"我几时弄牌"！又如怪人多事的人说了一句"谁要你讨好"！虽然他明知道这是借疑问词来加强语气的，并不真个要求对手的解答，但他故意捉住了话中的"为什么""哪里""几时""谁"等疑问词而作可笑的解答。倘有人说"我马上去"，他便捉住他问"你的马在哪里"？倘有人说"轮船马上开"，他就笑得满座皆笑了。母亲常说他"吃了笑药"，但我们这孤儿寡妇的家庭幸有这吃笑药的人，天天不缺乏和乐而温暖的空气。我和满姐虽然不能自动发见笑的资料，但颇能欣赏他的发见，尤其是关于太的笑话，在我们脑中留下不朽的印象。所以我和他虽已阔别二十余年，今天一见立刻认识，而且立刻想起他那部"再要好翻没有了"的字典。

　　但他今天不讲字典，只说要买一只凫缸，向我化一点钱。他说：

　　"我今年七十五岁了，近来一年不如一年。今年三月里在桑树根上绊一绊跌了一交，险险乎病死。靠菩萨，还能走出来。但是还有几时活在世上呢？庵里毫无出息。化化香钱呢，大字号店家也只给一两个小钱，初一月半两次，每次最多得到三角钱，连一口白饭也吃不饱。店里先生还嫌我来得太勤。饿死了也干净，只怕这几根骨头没有人收拾，所以想买一只缸。缸价要七八块钱，汪恒泰里已答应我出两块钱，请少爷也做个好事。钱呢，买好了缸来领。"

我和满姐立刻答应他每人出一块钱。又请他喝一杯茶，留他再坐。我们想从他那里找寻自己童年的心情，但终于找不出，即使找出了也笑不出。因为主要的赏识者已不在人世，而被赏识的人已在预备买缸收拾自己的骨头，残生的我们也没有心思再作这种闲情的游戏了。我默默地吸卷烟，直到他的辞去。

一九三三年六月廿四日在石门湾

二学生 [1]

　　暑假中，有两个我所稔熟的中学生各自来访我。甲学生来访时我问他"几时开学"？他回答说："再过一个月就要开学了！"乙学生来访时我问他"几时开学"？他回答说："还要一个月才开学呢！"这两句话表露了这两人的性行的不同。我觉得这二人是青年学生性行的两大类型的代表者，就据我所见闻为他们写照如下：

　　甲学生今年十七岁，但其沉着苍白的脸色，朴素简陋的服饰，可以使人误猜他是二十岁了。他脸上极难得有笑容。大家齐声笑乐的时候，他偏偏不笑。倘有人把自己以为可笑的话说给他听，说过之后把眼睛盯住他，看他笑不笑，那时

----

[1]　本篇原载 1935 年 9 月《中学生》第 57 号。

他就更加不肯笑了。反之，在宿舍里，或教室里，别人认真地谈话，或认真地讲解问难的时候，他们的一句一字，有时会使他一个人掩口葫芦，弄得别人大家不解。实则他所笑的，有时是讲话者的口头禅，别人所不注意而他所独感兴味的。有时是他自己脑中的回想，不是目前出现的事情，根本不能使别人共感。他在人丛中既不笑乐，又沉默不语，好像是聋且哑的。逢到有人问他一句话，他不得不回答时，也仅说寥寥数语，甚或只说然否二字，而且这然否二字也轻微得不易听到，全靠点头或摇头的动作帮助着使人理解的。因此同学都当他特殊人看。有的同学向众人揶揄，逢到他就不侵犯；有的同学拉大家出去胡闹，放他一个人独在室中，而大家视为当然，从没有一个人提出"为什么除外他"的话。同学中有人不得已而要同他讲一句话，就得换一种口气与态度，恭敬地向他启请。但也并非特别敬重他，只是当他特殊人看。好比他们是一群中国人，而他是住在这群中国人中的一个外国人。中国人大家用国语自由谈天，他一概听不懂，不闻不问。中国人要对他谈话，须得改用外国语调，简要地问答一下就完了。他呢，就好像一个不谙熟中国语的外国人；逢到别人有问，只能简单地说一句答语；逢到自己万不得已而要问别人一声，那就十分困难，他的从来难得听到的喉音，以及生硬的语调，往往使满座静默，十目注视，仿佛发生了特别事件一般。同时他的脸孔就涨红了，好像做了一件极难为情的事。

他在众人前说话如此困难，但是说也奇怪，他在一二知友或家人前，是一个雄辩家！但这雄辩家的出现，须在星期六晚上，人迹不到的校园里；一二知己朋友的面前，或者校外的僻静处，同着一二知己散步的时候，这一二知己，在他真是唯一唯二的朋友；但他们倒并非同他一样性格的人。他们除他以外还有许多朋友，闲常也混在众人队里；只是他们的性格中备有某种要素，因此能获得和他的交际。他们深知道他，在闲常，当众人前，轻轻地隐隐地同他说话，他也轻轻地隐隐地回答，大类在翁姑伯叔面前的新郎新娘。等到背了众人，他就像新娘进了房里一般，有说有笑地和新郎讲起情话来。他有见识，有决断，有主张，而且还能雄辩地批评世间一切的事，以及他的对手的言行。当他伴着一二知己躲在僻静的房间里纵谈的时候，你倘在壁上钻一个洞，偷偷地看他的态度，听他的说话，你一定要惊诧，误认他是另一个人了。

他嫌恶一切共同生活。共食的时候看他最不自由，往往疗饥似地吃了些饭，第一个离席。开同乐会的时光，可不到的他就不到，必须到会时就难为了他。因为如前所说，他对于别人认为可笑可乐的事，都不感兴味。只在别人欢笑的旁边枯坐了几小时，闷闷地退出。他不欢喜穿制服。可不穿时，尽量地不穿。非穿不可的时候，不自然地套在身上，领头折了也不管，钮扣脱了也不管，仿佛故意显出制服的恶点来，为他的不愿穿辩护。总之，他是一个个性很强而落落寡合的孤独者。他把生活力全部发泄在书本里，所以学业成绩多是甲上。他来访我时，总是跟他父亲同来。我从他的父亲和同学处知道他的性行。

乙学生今年十九岁。但其嬉皮笑脸的神气，短小精悍的身材，齐齐整整的衣服，可以使人误猜他只有十五六岁。有时他的崭新的制服的口袋上，装着闪亮的一个笔套夹，脚上穿着一双闪亮的黑皮鞋，头上生着一对闪亮的黑眼睛，独自跑来访我。我骤见他时觉得眼睛发耀，心中暗赞"好一个翩翩少年"！他一见我就带笑带说，笑个不休，说个不休，但说得不教听者讨厌。每逢我想对他说话的时候，他会敏捷地收住自己的话头，怡颜悦色地听我说话，中间随时加以爽快的答应。但当我抽烟，喝茶，或说得口乏而想停下来的时候，他的话就巧妙地补衬上来，以防相对沉默的寂寞。我对他提出什么话，没有说完，他的嘴巴已表出说"是呀！"的姿势。有时不禁使我想象："假如我对他说'今天太阳从西方出来的呀！'，他也会接上一个'是的！'来。"然而这也不过极言其说话之和悦。其实，他并非人云亦云，或阿人所好。只为他懂得说话技法，要表示反对的时候，也从赞成入手，旁征远引地说出他反对的意见来，使听者不得不同意他。他到我家一二次，就同我家的孩子们都稔熟，好像旧相识的。连我家的老妈子也同他谈得很投机，每次殷勤地倒茶给他吃。他到我家如此，在学校里的行状便可想见。

我从他的先生及同学处，知道他是全校第一个交际家。他没有一个知己，但没有一个同学不是他的好朋友。同学会里有什么兴行，他是总干事。学生个人间发生了什么问题，他是调解者，慰安者，帮助者。他知道一切同学的性行、习惯、生活，以及在校外的行动，甚至家庭间的状况。他仿佛是一个学校里的包探。同学之外，教师的家里有几个人，茶房每年可赚多少钱等事他也都知道。所以他的生活很忙。不大有自修的工夫。

其实，他即使有空的时间，也雅不欲埋头"读死书"。他常用巧妙的谦虚的言词，对众人表明他对于求学的意见，隐隐地指摘"读死书"之无用。他的话是这样："世间有两种书，一种是纸做的，一种是人做的。像你们，聪明的人，有能力读破万卷纸做的书，原可以埋头用功。像我，既无聪明，又不耐劳，埋头纸做的书中，一生也读不好，等于自杀。像我这样又笨又懒的人，进了学校只能读人做的书。先生的教训，同学的交游，以及我所对付的一切人，都是我的书。"这类的话说得对方既欢喜，自己又体面。于是他就实行他的求学政策。晚上自修的时间，他只在先生来督看的一会儿时间内作些必不可少的自修。例如要交卷的东西，他只得草草地写起来。要背诵的东西，他只得硬记一下。其他都可在上课时间内临时预备。等到先生走开了，他也就走开，走到谈得上话的同学那里，拉了他出自修室，到阅报室里去谈话。谈话同志越多越好。有时幸而集了一群人，在阅报室里，他插身其间如鱼得水，浑身畅快。他对于阅报室感情特别好，不仅为了每晚可作他的谈话室，正因为室中有的是报纸，满载着他所最关心的国家大事，社会新闻。他们可以随手指着报纸上的某一事件，作为谈话的引子。若是外交问题，他的谈论比大使更雄辩。若是内政问题，他的批评可以压倒一切要人。若是民事问题，他的裁判活像一位法官。若没有先生干涉，他们会谈到就寝。有时熄灯后和几个同志偷偷地走出寝室，到先生听不到的地方去作夜谈。

吃饭的时候，他往往是最后出食堂的人。有人以为他是大饭量，其实冤枉。他每餐所吃的饭不多，只是吃得十分缓慢。缓慢的用意，就是要等多数人吃毕而去，然后纠合几个健饭健谈的同志，添些儿菜，从容地且谈且吃。然而在学校的食堂里，这事到底行得不痛快。故他所最盼望的是假日的撇兰花。（在一张纸上画了许多线条，在线脚上注明多少不等的钱数，然后把钱数卷藏了。请各人各选一根线头。发开线脚来看，各人依注明的数目出钱去买食物共吃，叫做撇兰花。）他们或者拿撇来的钱买了各种糖果在校里吃，或者多撇些儿，大家上饭菜馆去，那更吃得畅快，谈得尽情。

然而我知道，他的欢喜约了人聚吃，并非征逐饮食，目的在于交际。因为他平素不贪吃，不饮酒，且反对饮酒，曾经在演讲比赛会中讲过"饮酒之害"这题目，大意说：酒能使人脑筋糊涂，非有为青年所宜饮。有害卫生还在其次。又说：中国之贫弱，非关于人民体格不强，实由于人民脑筋糊

涂，只顾自己而不管国事之故。说得满堂师友大家拍手。拿讲演比赛的锦标送给他。他有这般的交际手腕和这般的荣誉，因此全校上下对他都有好感。只有他的级任教师微微不满于他，说他的学业成绩太差了。这也难怪，他事务这般忙，哪有工夫对付学业？能够保住六十分，不留级，已是亏他的了。总之，他在人类社会中是像皮球一般圆滑周转的一个人。除了睡眠以外，他几乎没有片刻的孤独生活。"与众乐乐"，"善与人同，乐取于人以为善"，这种古话都可以送给他作座右铭。他可以访我时必来访我。有时坐片刻就去，如他所说，是"专诚来望望"我的。我从他自己及他的父亲、先生和同学处知道他的性行。

现在离开学很近，恐怕这几天甲学生有些儿怅惘，而乙学生在那儿高兴了。

廿四年立秋

我的母亲 [1]

　　中国文化馆要我写一篇《我的母亲》，并寄我母亲的照片一张。照片我有一张四寸的肖像，一向挂在我的书桌的对面。已有放大的挂在堂上，这一张小的不妨送人。但是《我的母亲》一文从何处说起呢？看看母亲的肖像，想起了母亲的坐姿。母亲生前没有摄取坐像的照片，但这姿态清楚地摄入在我脑海中的底片上，不过没有晒出。现在就用笔墨代替显影液和定影液，把我母亲的坐像晒出来吧：

　　我的母亲坐在我家老屋的西北角 [2] 里的八仙椅子上，眼睛里发出严肃的光辉，口角上表出慈爱的笑容。

....

[1] 本篇曾收入 1948 年 9 月 1 日中国文化馆香港分馆出版的《我的母亲》一书中。

[2] 老屋不是朝南而是朝东的，所以西北角应作西南角。

老屋的西北角里的八仙椅子，是母亲的老位子。从我小时候直到她逝世前数月，母亲空下来总是坐在这把椅子上，这是很不舒服的一个坐位：我家的老屋是一所三开间的楼厅，右边是我的堂兄家，左边一间是我的堂叔家，中央一间是我家。但是没有板壁隔开，只拿在左右的两排八仙椅子当作三份人家的界限。所以母亲坐的椅子，背后凌空。若是沙发椅子，三面有柔软的厚壁，凌空原无妨碍。但我家的八仙椅子是木造的，坐板和靠背成九十度角，靠背只是疏疏的几根木条，其高只及人的肩膀。母亲坐着没处搁头，很不安稳。母亲又防椅子的脚摆在泥土上要霉烂，用二三寸高的木座子衬在椅子脚下，因此这只八仙椅子特别高，母亲坐上去两脚须得挂空，很不便利。所谓西北角，就是左边最里面的一只椅子。这椅子的里面就是通过退堂的门。退堂里就是灶间。母亲坐在椅子上向里面顾，可以看见灶头。风从里面吹出的时候，烟灰和油气都吹在母亲身上，很不卫生。堂前隔着三四尺阔的一条天井便是墙门。墙外面便是我们的染坊店。母亲坐在椅子里向外面望，可以看见杂沓往来的顾客，听到沸翻盈天的市井声，很不清静。但我的母亲一向坐在我家老屋西北角里的这样不安稳、不便利、不卫生、不清静的一只八仙椅子上，眼睛发出严肃的光辉，口角上表出慈爱的笑容。母亲为什么老是坐在这样不舒服的椅子里呢？因为这位子在我家中最为冲要。母亲坐在这位子里可以顾到灶上，又可以顾到店里。母亲为要兼顾内外，便顾不到坐位的安稳不安稳，便利不便利，卫生不卫生，和清静不清静了。

我四岁时，父亲中了举人[1]，同年祖母逝世，父亲丁艰在家，郁郁不乐，以诗酒自娱，不管家事，丁艰终而科举废，父亲就从此隐遁。这期间家事店事，内外都归母亲一人兼理。我从书堂出来，照例走向坐在西北角里的椅子上的母亲的身边，向她讨点东西吃吃。母亲口角上表出亲爱的笑容，伸手除下挂在椅子头顶的"饿杀猫篮"[2]，拿起饼饵给我吃；同时眼睛里发出严肃的光辉，给我几句勉励。

我九岁的时候，父亲遗下了母亲和我们姐弟六人，薄田数亩和染坊店一间而逝世。我家内外一切责任全部归母亲负

....

[1] 丰镇于 1902 年中举，1906 年病逝。如按虚岁，作者在 1902 年应为五岁。后面的九岁也是虚岁。

[2] "饿杀猫篮"，一种用细篾制成的、四周有孔的、通风的有盖竹篮，菜碗放此篮中，猫吃不到，故名。

担。此后她坐在那椅子上的时间愈加多了。工人们常来坐在里面的凳子上，同母亲谈家事；店伙们常来坐在外面的椅子上，同母亲谈店事；父亲的朋友和亲戚邻人常来坐在对面的椅子上，同母亲交涉或应酬。我从学堂里放假回家，又照例走向西北角里的椅子边，同母亲讨个铜板。有时这四班人同时来到，使得母亲招架不住，于是她用了眼睛的严肃的光辉来命令，警戒，或交涉；同时又用了口角上的慈爱的笑容来劝勉，抚爱，或应酬。当时的我看惯了这种光景，以为母亲是天生成坐在这只椅子上的，而且天生成有四班人向她缠绕不清的。

我十七岁离开母亲，到远方求学。临行的时候，母亲眼睛里发出严肃的光辉，诫告我待人接物求学立身的大道；口角上表出慈爱的笑容，关照我起居饮食一切的细事。她给我准备学费，她给我置备行李，她给我制一罐猪油炒米粉，放在我的网篮里；她给我做一个小线板，上面插两只引线放在我的箱子里，然后送我出门。放假归来的时候，我一进店门，就望见母亲坐在西北角里的八仙椅子上。她欢迎我归家，口角上表出慈爱的笑容，她探问我的学业，眼睛里发出严肃的光辉。晚上她亲自上灶，烧些我所爱吃的菜蔬给我吃，灯下她详询我的学校生活，加以勉励，教训，或责备。

我廿二岁毕业后，赴远方服务，不克依居母亲膝下，唯假期归省。每次归家，依然看见母亲坐在西北角里的椅子上，眼睛里发出严肃的光辉，口角上表现出慈爱的笑容。她像贤主一般招待我，又像良师一般教训我。

我三十岁时，弃职归家，读书著述奉母。母亲还是每天坐在西北角里的八仙椅子上，眼睛里发出严肃的光辉，口角上表出慈爱的笑容。只是她的头发已由灰白渐渐转成银白了。

我三十三岁时，母亲逝世。我家老屋西北角里的八仙椅子上，从此不再有我母亲坐着了。然而我每逢看见这只椅子的时候，脑际一定浮出母亲的坐像——眼睛里发出严肃的光辉，口角上表出慈爱的笑容。她是我的母亲，同时又是我的父亲。她以一身任严父兼慈母之职而训诲我抚养我，我从呱呱坠地的时候直到三十三岁，不，直到现在。陶渊明诗云："昔闻长者言，掩耳每不喜。"我也犯这个毛病；我曾经全部接受了母亲的慈爱，但不会全部接受她的训诲。所以现在我每次在想象中瞻望母亲的坐像，对于她口角上的慈爱的笑容觉得十分感谢，对于她眼睛里的严肃的光辉，觉得十分恐惧。这光辉每次给我以深刻的警惕和有力的勉励。

民国廿六年二月廿八日

嫁给小提琴的少女 [1]

　　我乘船到香港。经过汕头海关人员来检查。那人员查到我的房间，和我握手，口称"久仰"，"难得"。他并不检查，却和我谈诗说画，谈得非常起劲。隔壁房间的客人和茶房们大家挤进来看，还道是查出了禁品，正在捉人了。海关人员辞去之后，邻室的客人方始知道我的姓名，大家耳语，像看新娘一般到门边来窥看我。茶房们亦窃窃私语。可惜讲的闽南话我一句也不懂。

　　挤进来看的人群中，有一个垂髫女郎，不过十八九岁模样，面圆圆的，眼睛很大，盯着我炯炯发光。海关人员走后，此人也就不见了。开船，吃夜饭之后，我独坐房舱

[1]　本篇原载 1949 年 4 月 9 日香港《星岛日报》。

中（我的房两铺，但客人少，对铺空着，我独占一房）看当日的《星岛日报》。有人叩门。开门一看，正是那个大眼睛女郎。她忸怩地说："我是先生的读者，先生的文集画集我都读过。景仰多年，今日得在船中见到，真是大幸，所以特来拜访。打扰了！"一口国音，正确清脆，十足表示她是个聪明伶俐的女孩子。我留她坐，问她姓名籍贯，以及往何处去。她告诉我姓Y，是W城人，某专科学校毕业，随她姐姐乘船到香港去谋事。就住在我的隔壁房中。接着她就问我《子恺漫画》中的阿宝、瞻瞻、软软（我的子女，现在都比她大了）的近状；又慰问我在大后方十年避寇的辛苦。足证她的确都读过我的书，知道得很清楚。我发见她在听我答话的时候，常常忽然把大眼睛沉下，双眉颦蹙；忽然又强颜作笑，和我应酬。我心中猜疑：这个人恐有难言之恸。

忽然她严肃地站起来，郑重地启请："丰老先生，我有一个大疑问要请教，不知先生肯不肯教我？"说着，两点眼泪突然从两只大眼睛里滚出，在莲花瓣似的腮上画了两条垂直线，在电灯下闪闪发光。这是丹青所画不出的一个情景。突如其来，使我狼狈周章。我立刻诚恳地回答她："什么疑问？凡我所知道的，一定肯回答你，你说吧。"她说：

"先生，世间到底有没有'纯洁的恋爱'？"我说："你所谓'纯洁'，是什么意思？"她断然地说："永不结婚。"我呆住了，心中十分惊奇。后来我说："有是有的，不过很少很少。西洋古代曾经有一位大哲学家柏拉图，提倡这种恋爱，Platonic love〔柏拉图式的爱〕。但我没有见到过实例。你为什么问我这个呢？"她凄凉地说："啊，你没有见到过？那么，世间所谓'纯洁的恋爱'，都是骗人！都是骗我们女人！啊，我上当了！"她竟在我房中呜咽地哭起来。

我更是狼狈周章了。等她哭过一阵，我正色地说："你不必伤心，说不定你所遇到的确是柏拉图恋爱主义者。我所见狭小，岂能确定你是受骗呢？你究竟是怎么一回事？不妨对我说。也许我能慰藉你。"因了我的催促和探诱，她断断续续吞吞吐吐地把她的恋爱故事告诉我。原来是这样的一回事！

她出身于书香人家。她的父亲是当地很有名的文人。她从小爱好文艺，尤其是诗词。她今年十九岁半，性格十分天真，近于儿童。她憧憬于诗词文艺中所描写的人生的"美"与"光明"，而不知道又不相信人生还有"丑"与"黑暗"的一面。她只欢喜唯美的浪漫主义，而不欢喜暴露的写实主义。她注意灵的要求，而看轻肉的要求。我猜想，养成她这种性情的，半由于心理，即文艺诗词的感染，而半由于生理，即根本没有结婚的要求，亦即没有性欲。古人说"食色性也"。"没有性欲"这句话似乎不通，除非是残疾的人，况且她的体格很好，年龄也已及笄，我岂可这样武断呢？但我相信"性欲升华"之说，而且见过许多实例（历史上独身的伟人不少）。故我料她的性欲已经升华，因而在世间追求"纯洁的恋爱"。据她说，她和她的姐姐很亲爱，大家抱独身主义，本来不再需要异性的爱。但因她迷信了"纯洁的恋爱"，觉得除姐姐以外，再有一个异性纯洁的爱人，更可增加她的人生的"美"与"光明"。于是她的恋爱故事发生了。她的一个男同学追求她。起初她拒绝。后来因为合演话剧的关系，渐渐稔熟起来。那男同学就向她献种种的殷勤，和非常的真诚。据说，他是住校的，她是通学，每天回家吃午饭的。而他每天到半路上接她两次，送她两次，风雨无阻。她说："教我怎么不感动呢？"但她很审慎，终未明白表示"爱"他，因此他失望、绝食、生病了。别的同学来拉拢，大家恨她太忍心。她逼不得已，同时真心感动，便到病床前去慰问，并且明白表示了"我爱你"。但附带一个条件："纯洁的爱永不结婚。"男的一口答允，病就好了。她说，从此以后，她的确过了两个月的"美"的"光明"的恋爱生活。但是两个月后，男的便隐隐的同她计划结婚了。屡次向她宣传"结婚的神圣"，解说"天下没有不结婚的恋爱"之理，抨击"独身主义"的不人道。她愤愤地对我说："到此我才知道受骗呀！"她又哭了，我忍不住笑起来。我想："真是一个傻孩子！"又想："这天真烂漫而奇特的女孩子，真真难得！"

她个性很强，决心和他分手。但因长时间的旅伴，和感情的夹缠，未便突然一刀两断。她就拖延，想用拖延来冲淡两个人的爱情，然后便于分手。她说："这拖延的几星期，是我最苦痛的时间。"但男的只管紧紧地追求，死不放松。她急煞了。幸而她已毕业，就写了一封绝交信寄他，突然离开 W 城，投奔在远方当教师的姐姐。至今已将一年。幸而那男子没有继续来追她。并且，传闻他已另有爱人。因此她也放心了。但她还有疑心，常常怀疑：世间究竟有没有"永不结婚的恋爱"？因此不怕唐突，来"请教"萍水相逢的我。她恭维我说："丰老先生，你是我们孩子们的心灵的理解者、润泽者、爱护者。惟有你能够医好我心头的创伤。"我听了又很周章。我虽然曾经写过许多关于儿童生活的文和书，但不曾研究过柏拉图爱。对眼前这个痴疑天真的少女的特殊的恋爱问题，实在无法解答。我只劝她："你爱你的姐姐。你用功研究你的学问。倘是欢喜音乐的话，你最好研究音乐。因为音乐最能医疗心的创伤。"她破涕为笑，说："我正在学小提琴，已经学到 *Hohmann*〔《霍曼》〕第二册了。"我说："那是再好没有了！你不必再找理想的爱人，你就嫁给小提琴吧！"她欢喜信受，笑容满面地向我告辞。

一九四九年儿童节之夜记于丰祥轮一等十七号房舱中

伯豪之死 [1]

伯豪是我十六岁时在杭州师范学校[2]的同班友。他与我同年被取入这师范学校。这一年取入的预科新生共八十余人，分为甲乙两班。不知因了什么妙缘，我与他被同编在甲班。那学校全体学生共有四五百人，共分十班。其自修室的分配，不照班次，乃由舍监先生的旨意而混合编排，故每一室二十四人中，自预科至四年级的各班学生都含有。这是根据了联络感情，切磋学问等教育方针而施行的办法。

我初入学校，颇有人生地疏，举目无亲之慨。我的领域限于一个被指定的坐位。我的所有物尽在一只抽斗内。此外都是不见惯的情形与不相识的同学——多数是先进山门的老

[1]　本篇原载 1929 年 11 月 10 日《小说月报》第 20 卷第 11 号，署名：子恺。
[2]　指在杭州的浙江省立第一师范学校。十六岁应作十七岁。

学生。他们在纵谈、大笑，或吃饼饵。有时用奇妙的眼色注视我们几个新学生，又向伴侣中讲几句我们所不懂的、暗号的话，似讥讽又似嘲笑。我枯坐着觉得很不自然。望见斜对面有一个人也枯坐着，看他的模样也是新生。我就开始和他说话，他是我最初相识的一个同学，他就是伯豪，他的姓名是杨家僊，他是余姚人。

自修室的楼上是寝室。自修室每间容二十四人，寝室每间只容十八人，而人的分配上顺序相同。这结果，犹如甲乙丙丁的天干与子丑寅卯的地支的配合，逐渐相差，同自修室的人不一定同寝室。我与伯豪便是如此，我们二人的眠床隔一堵一尺厚的墙壁。当时我们对于眠床的关系，差不多只限于睡觉的期间。因为寝室的规则，每晚九点半钟开了总门，十点钟就熄灯。学生一进寝室，须得立刻钻进眠床中。明天六七点钟寝室总长就吹着警笛，往来于长廊中，把一切学生从眠床中吹出，立刻锁闭总门。自此至晚间九点半的整日间，我们的归宿之处，只有半只书桌（自修室里两人合用一书桌）和一只板椅子的坐位。所以我们对于这甘美的休息所的眠床，觉得很可恋；睡前虽然只有几分钟的光明，我们不肯立刻钻进眠床中，而总是凑集几个朋友来坐在床沿上谈笑一会，宁可暗中就寝。我与伯豪不幸隔断了一堵墙壁，不能联榻谈话，我们常常走到房门外面的长廊中，靠在窗沿上谈话。有时一直谈到熄灯之后，周围的沉默显著地衬出了我们的谈话声的时候，伯豪口中低唱着"众人皆睡，而我们独醒"而和我分手，各自暗中就寝。

伯豪的年龄比我稍大一些，但我已记不清楚。我现在回想起来，他那时候虽然只有十七八岁，已具有深刻冷静的脑筋，与卓绝不凡的志向，处处见得他是一个头脑清楚而个性强明的少年。我那时候真不过是一个年幼无知的小学生，胸中了无一点志向，眼前没有自己的路，只是因袭与传统的一个忠仆，在学校中犹之一架随人运转的用功的机器。我的攀交伯豪，并不是能赏识他的器量，仅为了他是我最初认识的同学。他的不弃我，想来也是为了最初相识的原故，决不是有所许于我——至多他看我是一个本色的小孩子，还肯用功，所以欢喜和我谈话而已。

这些谈话使我们的交情渐渐深切起来了。有一次我曾经对他说起我的投考的情形。我说："我此次一共投考了三只学校，第一中学，甲种商业，和这只师范学校。"他问我："为甚么考了三只。"我率然地说道："因为我胆小呀！恐怕

117

不取，回家不是倒霉？我在小学校里是最优等第一名毕业的；但是到这种大学校里来考，得知取不取呢？幸而还好。我在商业取第一名，中学取第八名，此地取第三名。""那么你为什么终于进了这里？""我的母亲去同我的先生商量，先生说师范好，所以我就进了这里。"伯豪对我笑了。我不解他的意思，反而自己觉得很得意。后来他微微表示轻蔑的神气，说道："这何必呢！你自己应该抱定宗旨！那么你的来此不是诚意的。不是自己有志向于师范而来的。"我没有回答。实际，当时我心中只知道有母命，师训，校规；此外全然不曾梦到什么自己的宗旨，诚意，志向。他的话刺激了我，使我忽然悟到了自己：最初是惊悟自己的态度的确不诚意，其次是可怜自己的卑怯，最后觉得刚才对他夸耀我的应试等第，何等可耻！我究竟已是一个应该自觉的少年了。他的话促成了我的自悟。从这一天开始，我对他抱了畏敬之念。

他对于学校所指定而全体学生所服从的宿舍规则，常抱不平之念。他有一次对我说："我们不是人，我们是一群鸡或鸭。朝晨放出场，夜里关进笼。"又当晚上九点半钟，许多学生挤在寝室总门口等候寝室总长来开门的时候，他常常说"放犯人了"！但当时我们对于寝室的启闭，电灯的开关，都视同天的晓夜一般，是绝对不容超越的定律；寝室总长犹之天使，有不可侵犯的威权，谁敢存心不平或口出怨言呢？所以他这种话，不但在我只当作笑话，就是公布于全体四五百同学中，也决不会有什么影响。我自己尤其是一个绝对服从的好学生。有一天下午我身上忽然发冷，似乎要发疟了。但这是寝室总门严闭的时候，我心中连"取衣服"的念头都不起，只是倦伏在坐位上。伯豪询知了我的情形，问我："为什么不去取衣？"我答道："寝室总门关着！"他说："哪有此理！这里又不真果是牢狱！"他就代我去请求寝室总长开门，给我取出了衣服，棉被，又送我到调养室去睡。在路上他对我说："你不要过于胆怯而只管服从，凡事只要有道理。我们认真是兵或犯人不成？"

有一天上课，先生点名，叫到"杨家僬"，下面没有人应到，变成一个休止符。先生问级长："杨家僬为什么又不到？"级长说"不知"。先生怒气冲冲地说："他又要无故缺课了，你去叫他。"级长像差役一般，奉旨去拿犯了。我们全体四十余人肃静地端坐着，先生脸上保住了怒气，反绑了手[1]，立在讲台上，满堂肃静地等候着要犯的拿到。不久，级长空手回来说："他不肯来。"四十几对眼睛一时射集于先生的脸上，先生但从鼻孔中落出一个"哼"字，拿铅笔在点名册上恨恨地一圈，就翻开书，开始授课。我们间的空气愈加严肃，似乎大家在猜虑这"哼"字中含有什么法宝。

下课以后，好事者都拥向我们的自修室来看杨伯豪。大家带着好奇的又怜悯的眼光，问他"为什么不上课"？伯豪但翻弄桌上的《昭明文选》，笑而不答。有一个人真心地忠告他"你为什么不说生病呢"？伯豪按住了《文选》回答道："我并不生病，哪里可以说诳？"大家都一笑走开了。后来我去泡茶，途中看见有一簇人包围着我们的级长，在听他说什么话。我走近人丛旁边，听见级长正在说："点名册上一个很大的圈饼……"又说，"学监差人来叫他去……"有几个听者伸一伸舌头。后来我听见又有人说："将来……留级，说不定开除……"另一个声音说："还要追缴学费呢……"我不知道究竟"哼"有什么作用，大圈饼有什么作用，但看了这舆论纷纷的情状，心中颇为伯豪担忧。

----

[1] 反绑了手，作者家乡话，意即两手在背后交叉握住。

这一天晚上我又同他靠在长廊中的窗沿上说话了。我为他担了一天心，恳意地劝他："你为什么不肯上课？听说点名册上你的名下划了一个大圈饼。说不定要留级，开除，追缴学费呢！"他从容地说道："那先生的课，我实在不要上了。其实他们都是怕点名册上的圈饼和学业分数操行分数而勉强去上课的，我不会干这种事。由他什么都不要紧。""你这怪人，全校找不出第二个！""这正是我之所以为我！""……"

杨家儁的无故缺课，不久名震于全校，大家认为这是一大奇特的事件，教师中也个个注意到。伯豪常常受舍监学监的召唤和训叱。但是伯豪怡然自若。每次被召唤，他就决然而往，笑嘻嘻地回来。只管向藏书楼去借《史记》《汉书》等，凝神地诵读。只有我常常替他担心，不久，年假到了。学校对他并没有表示什么惩罚。

第二学期，伯豪依旧来校，但看他初到时似乎很不高兴。我们在杭州地方已渐渐熟悉。时值三春，星期日我同他二人常常到西湖的山水间去游玩。他的游兴很好，而且办法也特别。他说："我们游西湖，应该无目的地漫游，不必指定地点。疲倦了就休息。"又说："游西湖一定要到无名的

地方！众人所不到的地方。"他领我到保俶塔旁边的山巅上，雷峰塔后面的荒野中。我们坐在无人迹的地方，一面看云，一面嚼面包。临去的时候，他拿出两个铜板来放在一块大岩石上，说下次来取它。过了两三星期，我们重游其地，看见铜板已经发青，照原状放在石头上，我们何等喜欢赞叹！他对我说："这里是我们的钱库，我们以天地为室庐。"我当时虽然仍是一个庸愚无知的小学生，自己没有一点的创见，但对于他这种奇特、新颖而卓拔不群的举止言语，亦颇有鉴赏的眼识，觉得他的一举一动对我都有很大的吸引力，使我不知不觉地倾向他，追随他。然而运命已不肯再延长我们的交游了。

我们的体操先生似乎是一个军界出身的人，我们校里有百余支很重的毛瑟枪。负了这种枪而上兵式体操课，是我所最怕而伯豪所最嫌恶的事。关于这兵式体操，我现在回想起来背脊上还可以出汗。特别因为我的腿构造异常，臀部不能坐在脚踵上，跪击时竭力坐下去，疼痛得很，而相差还有寸许，——后来我到东京时，也曾吃这腿的苦，我坐在席上时不能照日本人的礼仪，非箕踞不可。——那体操先生虽然是兵官出身，幸而不十分凶。看我真果跪不下去，颇能原谅我，不过对我说："你必须常常练习，跪击是很重要的。"后来他请了一个助教来，这人完全是一个兵，把我们都当作兵看待。说话都是命令的口气，而且凶得很。他见我跪击时比别人高出一段，就不问情由，走到我后面，用腿垫住了我的背部，用两手在我的肩上尽力按下去。我痛得当不住，连枪连人倒在地上。又有一次他叫"举枪"，我正在出神想什么事，忘记听了号令，并不举枪。他厉声叱我："第十三！耳朵不生？"我听了这叱声，最初的冲动想拿这老毛瑟枪的柄去打脱这兵的头；其次想抛弃了枪跑走；但最后终于举了枪。"第十三"这称呼我已觉得讨厌，"耳朵不生？"更是粗恶可憎。但是照当时的形势，假如我认真打了他的头或投枪而去，他一定和我对打，或用武力拦阻我，而同学中一定不会有人来帮我。因为这虽然是一个兵，但也是我们的师长，对于我们也有扣分，记过，开除，追缴学费等权柄。这样太平的世界，谁肯为了我个人的事而犯上作乱，冒自己的险呢！我充分看出了这形势，终于忍气吞声地举了枪，幸而伯豪这时候已久不上体操课了，没有讨着这兵的气。

不但如此，连别的一切他所不欢喜的课都不上了。同学的劝导，先生的查究，学监舍监的训诫，丝毫不能动他。他

123

只管读自己的《史记》《汉书》。于是全校中盛传"杨家儇神经病了"。窗外经过的人，大都停了足，装着鬼脸，窥探这神经病者的举动。我听了大众的舆论，心中也疑虑，"伯豪不要真果神经病了？"

不久暑假到了。散学前一天，他又同我去跑山。归途上突然对我说："我们这是最后一次的游玩了。"我惊异地质问这话的由来，才知道他已决心脱离这学校，明天便是我们的离别了。我的心绪非常紊乱：我惊讶他的离去的匆遽，可惜我们的交游的告终；但想起了他在学校里的境遇，又庆幸他从此可以解脱了。

是年秋季开学，校中不复有伯豪的影踪了。先生们少了一个赘累，同学们少了一个笑柄，学校似乎比前安静了些。我少了一个私淑的同学，虽然仍旧战战兢兢地度送我的恐惧而服从的日月，然而一种对于学校的反感，对于同学的嫌恶，和对于学生生活的厌倦，在我胸中日渐堆积起来了。

此后十五年间，伯豪的生活大部分是做小学教师。我对他的交情，除了我因谋生之便而到余姚的小学校里去访问他一二次之外，止于极疏的通信。信中也没有什么话，不过略叙近状，及寻常的问候而已。我知道在这十五年间，伯豪曾经结婚，有子女，为了家庭的担负而在小学教育界奔走求生，辗转任职于余姚各小学校中。中间有一次曾到上海某钱庄来替他们写信，但不久仍归于小学教师。我二月十二日结婚的那一年，他做了几首贺诗寄送我。我还记得其第一首是"花好花朝日，月圆月半天。鸳鸯三日后，浑不羡神仙。"抵制日本的那一年，他有喻扶桑的叱蚊四言诗寄送我，其最初的四句是"嗟尔小虫，胡不自量？人能伏龙，尔乃与抗！……"又记得我去访问他的时候，谈话之间，我何等惊叹他的志操的弥坚与风度的弥高，此外又添上了一层沉着！我心中涌起种种的回想，不期地说出："想起从前你与我同学的一年中的情形，……真是可笑！"他摇着头微笑，后来他叹一口气，说道："现在何尝不可笑呢；我总是这个我。……"他下课后，陪我去游余姚的山。途中他突然对我说道："我们再来无目的地漫跑？"他的脸上忽然现出一种梦幻似的笑容。我也努力唤回儿时的心情，装作欢喜赞成。然而这热烈的兴采的出现真不过片刻，过后仍旧只有两条为尘劳所伤的疲乏的躯干，极不自然地移行在山脚下的小路上。仿佛一只久已死去而还未完全冷却的鸟，发出一个最后的颤动。

今年的暮春，我忽然接到育初寄来的一张明片。"子恺兄：杨兄伯豪于十八年三月十二日上午四时半逝世。特此奉闻。范育初白。"后面又有小字附注："初以其夫人分娩，雇一佣妇，不料此佣妇已患喉痧在身，转辗传染，及其子女。以致一女（九岁）一子（七岁）相继死亡。伯豪忧伤之余，亦罹此疾，遂致不起。痛哉！知兄与彼交好，故为缕述之。又及。"我读了这明片，心绪非常紊乱：我惊讶他的死去的匆遽；可惜我们的尘缘的告终；但想起了在世的境遇，又庆幸他从此可以解脱了。

后来舜五也来信，告诉我伯豪的死耗，并且发起为他在余姚教育会开追悼会，征求我的吊唁。泽民从上海回余姚去办伯豪的追悼会。我准拟托他带一点挽祭的联额去挂在伯豪的追悼会中，以结束我们的交情。但我实在不能把我的这紊乱的心绪整理为韵文或对句而作为伯豪的灵前的装饰品，终于让泽民空手去了。伯豪如果有灵，我想他不会责备我的不吊，也许他嫌恶这追悼会，同他学生时代的嫌恶分数与等第一样。

世间不复有伯豪的影踪了。自然界少了一个赘累，人类界少了一个笑柄，世间似乎比从前安静了些。我少了这个私淑的朋友，虽然仍旧战战兢兢地在度送我的恐惧与服从的日月，然而一种对于世间的反感，对于人类的嫌恶，和对于生活的厌倦，在我胸中日渐堆积起来了。

一九二九年七月二十四日于缘缘堂

西湖忆旧 [1]

我少年时代是西湖上的学生，中年时代是西湖上的寓公，现在老年时代，是西湖上频来的游客。除了抗战期间阔别九年之外，西湖上差不多每年春秋都少不了我的足迹。西湖的山水给我的印象是优美；详言之，是秀丽；再详言之，是妩媚。辛稼轩说："我见青山多妩媚，料青山见我应如是。"我觉得第一句拿来描写西湖上的青山，最为恰当；不过第二句有些可笑。

这印象最初是由一个歌曲帮我造成的。我少年时代在西湖上当学生，我们的音乐教师李叔同先生——就是后来在

[1] 本篇原载 1956 年 10 月 20 日《东海》杂志创刊号，1958 年作者增补文字写成另外一篇散文《西湖春游》，收入散文集《缘缘堂新笔》，参见第二卷。

虎跑寺出家为僧的弘一法师——教我们唱一个三部合唱的歌曲，叫做"西湖"。歌词是李先生自己作的，我至今还背得出：

（高音部独唱）

看明湖一碧，六桥锁烟水。

塔影参差，有画船自来去。

垂杨柳两行，绿染长堤。

飏晴风，又笛韵悠扬起。

（中音部独唱）

看青山四围，高峰南北齐。

山色自空濛，有竹木媚幽姿。

探古洞烟霞，翠朴须眉。

霎暮雨，又钟声林外起。

（次中音部独唱）

看明湖一碧，六桥敛烟水。

塔影参差，有画船自来去。

垂杨柳两行，绿染长堤。

飏晴风，又笛韵悠扬起。

（三部合唱）

大好湖山如此，独擅天然美。

明湖碧，又青山绿作堆。

漾晴光潋滟，带雨色幽奇。

靓妆比西子，尽浓淡总相宜。

　　李先生是天津人，曾经在上海作寓公，在杭州当教师，最后在西湖上出家。出家以前作这曲歌，还刻了个图章："襟上杭州旧酒痕"。这位"艺僧"对杭州和西湖的好感，于此盖可想见。我少年时候常常在星期天跟两三个同学到西湖上游玩，当然是步行。往往一边步行，一边唱这曲歌。我年纪最小，嗓子最高，总是唱高音部；另外几个同学唱中音部和次中音部。这比较在音乐教室里唱畅快得多。因为面对着实景，唱出来的个个字都不落空，都有印证；有时唱到"又钟声林外起"，正好远远地飘来一声晚钟。这样，艺术美和自然美互相衬托，互相掩映，就觉得这曲歌越唱越好听，这西湖越看越妩媚。现在回想，这时候我真是十足地欣赏了西湖的美。

　　然而这十足的欣赏到后来就打折扣。李先生出家后不久，我结束了学生时代，开始奔走衣食。那时候我游玩西湖，不再一边步行一边唱歌；大都是陪着三朋四友乘车、坐船、品茗、饮酒。西湖的妩媚固然依旧，然而妩媚之中有一种人造的缺陷，常常侵扰我的观感，伤害我的心情，使西湖的美大为减色，使我的游兴大打折扣。这人造的缺陷就在于人事上：

游西湖最主要的交通工具是游船，即杭州人所谓"划子"。这种划子一向入诗、入词、入画，真是风雅不过的东西；红尘万丈的都市里来的人坐在这种划子里荡漾湖中，其有"春水船如天上坐"的胜概。于是划划子的人就奇货可居，即杭州人所谓"刨黄瓜儿"。你要坐划子游西湖，先得鼓起勇气来，同划划子的人们作一场斗争，然后怀着余怒坐到划子里去"欣赏"西湖景致。照例是在各名胜古迹地点停船：平湖秋月、中山公园、西泠印社、岳坟、三潭印月、雷峰夕照、刘庄、汪庄……。这些名胜古迹的确是环肥燕瘦，各有其美；然而往往不能畅游，不能放心地欣赏。因为这些地方的管理者都特别"客气"，一看到游客，立刻端出茶盘来；倘使看到派头阔绰的游客，就端出果盒来。这种盛情，最初领受一二，也还可以；然而再而三，三而四，甚至而五，

而六，而七……游客便受宠若惊，看见茶盘连忙逃走，不管后面传来奚落的、讥讽的叫声。若是陪着老年人游玩，处处要坐下来休息，而且逃不快，那就是他们所最欢迎的游客了。我在这些时候往往联想起上海西藏路一带夜间行人的遭遇，虽然这比拟不免唐突了些。

游西湖要会斗争，会逃走——这是我数十年来的宝贵经验。直到最近几年，解放后几年，这宝贵经验忽然失却效用。有一年我到杭州，突然觉得西湖有些异样：湖滨栏杆旁边那些馋涎欲滴的划子手忽然不见了，讨价还价的斗争也没有了，只看见秩序井然的卖票处和和颜悦色的舟子。名胜古迹中逐人的茶盘也不见了，到处明山秀水，任你逍遥盘桓。这时候我才重新看到少年时代所见的十足美丽的西湖；不，少年时代我还不是斗争的对象，还没有逃走的资格，看不到这种人造的缺陷，只觉得山水的妩媚，这是片面的观感，不足为凭。现在所看到的，才真是十足美丽的西湖了。

"西子蒙不洁，则人皆掩鼻而过之。"解放前数十年间，我每逢游湖，就想起这两句话，路过湖滨的船埠头，那种乌烟瘴气竟可使我"掩鼻"。解放之后，西子"斋戒沐浴"过了。"大好湖山如此"，不但"独擅天然美"，又独擅了"人事美"。现在唱起这歌曲来，真可感到十足的畅快了。李先生的灵骨，前年由我们安葬在虎跑寺后面山坡上的石塔下。往生西方的李先生如果有时也回到虎跑来，看到这"大好湖山"现在已经"如此"，一定欢喜赞叹！

一九五六年八月廿二日作于上海

三娘娘 [1]

　　我的船停泊在小桥堍的小杂货店的门口，已经三天了。每次从船舱的玻璃窗中向岸上眺望，必然看见那小杂货店里有一位中年以上的妇人坐在凳子上"打绵线"。后来看得烂熟，不须写生，拿着铅笔便能随时背摹其状。我从她的样子上推想她的名字大约是三娘娘。就这样假定。

　　从船舱的玻璃窗中望去，三娘娘家的杂货店只有一个板橱和一只板桌。板橱内陈列着草纸，蚊虫香和香烟等。板桌上排列着四五个玻璃瓶，瓶内盛着花生米糖果等。还有一只黑猫，有时也并列在玻璃瓶旁。难得有一个老人或一个青年在这店里出现，常见的只有三娘娘一人。但我从未见过有人

---

[1]　本篇原载 1934 年 7 月 1 日《文学》月刊。编入 1957 年版《缘缘堂随笔》时作者有所改动，现仍按旧版《车厢社会》。

来三娘娘的店里买物。每次眺望，总见她坐在板桌旁边的独人凳上，打绵线。

午后天下雨。我暂不上岸，靠在船窗上吃枇杷。假如我平生也有四恨，枇杷有核该是我的四恨之一。我说水果中枇杷顶好吃。可惜吃的手续麻烦。堆了半桌子的皮和核，弄脏了两手。同吃蟹相似，善后甚是吃力。但靠在船窗上吃，省力得多。皮和核可随时抛在水里，决没有卫生警察来干涉。即使来干涉，我可想出理由来辩解：枇杷叶是药，枇杷核和皮或者也有药力。近来水面上浮着死猪，死羊，死狗，死猫很多，加了这药力或者可以消毒，有益于公众卫生。这般说过之后，卫生警察一定"马马虎虎"。

以前我只是向窗中探首一望，瞥见三娘娘的刹那间的姿态而已。这回因吃枇杷，久凭窗际，方才看见三娘娘的打绵线的能干，其技法的敏捷，态度的坚忍，可以使人吃惊。都会里的摩青与摩女（注：日本人略称 modern boy〔摩登（男）青年〕为 moba，略称 modern girl〔摩登女郎〕为 moga[1]，今

---

[1] moba，moga 皆英语发音之简化。

仿此），恐怕没有知道"打绵线"为何物；看了我这幅画，
将误认为打弹子，放风筝，抽陀螺，亦未可知。我生长
在穷乡，见惯这种苦工，现在可为不知者略道之：这是
一架人制的纺丝机器。在一根三四尺长的手指粗细的木
棒上，装一个铜叉头，名曰"绵叉梗"，再用一根约一
尺长的筷子粗细的竹棒，上端雕刻极疏的螺旋纹，下端
装顺治铜钿（康熙，乾隆铜钿亦可）十余枚，中间套一
芦管，名曰"锤子"。纺丝的工具，就是绵叉梗和锤子这
两件。应用之法，取不能缫丝的坏茧子或茧子上剥下来
的东西，并作绵絮似的一团，顶在绵叉梗上的铜叉头上。
左手持绵叉梗，右手扭那绵絮，使成为线。将线头卷在
锤子的芦管上，嵌在螺旋纹里。然后右手指用力将竹棒
一旋，使锤子一边旋转，一边靠了顺治铜钱的重力而挂
下去。上面扭，下面挂，线便长起来。挂到将要碰着地
了，右手停止扭线而捉取锤子，将线卷在芦管上。卷了
再挂，挂了再卷，锤子上的线球渐渐大起来。大到像上
海水果店里的芒果一般了，便可连芦管拔脱，另将新芦
管换上，如法再制。这种芒果般的线球，名曰绵线。用
绵线织成的绸，名曰绵绸：像我现在身上所穿的衣服，

正是由三娘娘之类的人的左手一寸一寸地扭出来而一寸一寸地卷上去的绵线所织成的。近来绵绸大贱，每尺只卖一角多钱。据说，照这价钱合算起工资来，像三娘娘这样勤劳地一天扭到晚，所得不到十个铜板。但我想，假如用"勤劳"的国土里的金钱来定起工价来，这样纯熟的技能，这样忍苦的劳作，定他每天十个金镑，也不算过多呢。三娘娘的操持绵叉梗的手，比闲人们打弹子的手更为稳固；扭绵线的手，比闲人们放风筝的手更为敏捷；旋锤子的手，比闲人们抽陀螺的手更为有力。打一个弹子可赢得不少的洋钱，打一天绵线赚不到十个铜板。如使三娘娘欲富，应该不打绵线打弹子。

三娘娘为求工作的速成，扭的绵线特别长，要两手向上攀得无可再高，锤子向下挂得比她的小脚尖还低，方才收卷。线长了，收卷的时候两臂非极度向左右张开不可。看她一挂一卷，手臂的动作非常辛苦！一挂一卷，费时不到一分钟；假定她每天打绵线八小时，统计起来，她的手臂每天要攀高五六百次。张开五六百次。就算她每天赚得十个铜板，她的手臂要攀五六十次，张五六十次，还要扭五六十通，方得一个铜板的酬报。

　　黑猫端坐在她面前，静悄悄地注视她的工作，好像在那里留心计数她的手臂的动作的次数。

　　　　　　　　　　廿三〔1934〕年六月十六日

儿

女

儿　女 [1]

　　回想四个月以前，我犹似押送囚犯，突然地把小燕子似的一群儿女从上海的租寓中拖出，载上火车，送回乡间，关进低小的平屋中。自己仍回到上海的租界中，独居了四个月。这举动究竟出于什么旨意，本于什么计划，现在回想起来，连自己也不相信。其实旨意与计划，都是虚空的，自骗自扰的，实际于人生有什么利益呢？只赢得世故尘劳，做弄几番欢愁的感情，增加心头的创痕罢了！

　　当时我独自回到上海，走进空寂的租寓，心中不绝地浮起这两句《楞严》经文："十方虚空在汝心中，犹如白云点太清里，况诸世界在虚空耶！"

[1]　本篇原载 1928 年 10 月 10 日《小说月报》第 19 卷第 10 号。

晚上整理房室，把剩在灶间里的篮钵、器皿、余薪、余米，以及其他三年来寓居中所用的家常零星物件，尽行送给来帮我做短工的、邻近的小店里的儿子。只有四双破旧的小孩子的鞋子（不知为什么缘故），我不送掉，拿来整齐地摆在自己的床下，而且后来看到的时候常常感到一种无名的愉快。直到好几天之后，邻居的友人过来闲谈，说起这床下的小鞋子阴气迫人，我方始悟到自己的痴态，就把它们拿掉了。

朋友们说我关心儿女。我对于儿女的确关心，在独居中更常有悬念的时候。但我自以为这关心与悬念中，除了本能以外，似乎尚含有一种更强的加味。所以我往往不顾自己的画技与文笔的拙陋，动辄描摹。因为我的儿女都是孩子们，最年长的不过九岁，所以我对于儿女的关心与悬念中，有一部分是对于孩子们——普天下的孩子们——的关心与悬念。他们成人以后我对他们怎么样？现在自己也不能晓得，但可推知其一定与现在不同，因为不复含有那种加味了。

回想过去四个月的悠闲宁静的独居生活，在我也颇觉得可恋，又可感谢。然而一旦回到故乡的平屋里，被围在一群儿女的中间的时候，我又不禁自伤了。因为我那种生活，或枯坐，默想，或钻研，搜求，或敷衍，应酬，比较起他们的天真、健全、活跃的生活来，明明是变态的，病的，残废的。

　　有一个炎夏的下午，我回到家中了。第二天的傍晚，我领了四个孩子——九岁的阿宝、七岁的软软、五岁的瞻瞻、三岁的阿韦——到小院中的槐荫下，坐在地上吃西瓜。夕暮的紫色中，炎阳的红味渐渐消减，凉夜的青味渐渐加浓起来。微风吹动孩子们的细丝一般的头发，身体上汗气已经全消，百感畅快的时候，孩子们似乎已经充溢着生的欢喜，非发泄不可了。最初是三岁的孩子的音乐的表现，他满足之余，笑嘻嘻摇摆着身子。口中一面嚼西瓜，一面发出一种像花猫偷食时候的"ngam ngam"的声音来。这音乐的表现立刻唤起五岁的瞻瞻的共鸣，他接着发表他的诗："瞻瞻吃西瓜，宝姐姐吃西瓜，软软吃西瓜，阿韦吃西瓜。"这诗的表现又立刻引起了七岁与九岁的孩子的散文的、数学的兴味：他们立刻把瞻瞻的诗句的意义归纳起来，报告其结果："四个人吃四块西瓜。"

　　于是我就做了评判者，在自己心中批判他们的作品。我觉得三岁的阿韦的音乐的表现最为深刻而完全，最能全般表

出他的欢喜的感情。五岁的瞻瞻把这欢喜的感情翻译为（他的）诗，已打了一个折扣；然尚带着节奏与旋律的分子，犹有活跃的生命流露着。至于软软与阿宝的散文的、数学的、概念的表现，比较起来更肤浅一层。然而看他们的态度全部精神没入在吃西瓜的一事中，其明慧的心眼，比大人们所见的完全得多。天地间最健全的心眼，只是孩子们的所有物，世间事物的真相，只有孩子们能最明确、最完全地见到。我比起他们来，真的心眼已经被世智尘劳所蒙蔽，所斲丧，是一个可怜的残废者了。我实在不敢受他们"父亲"的称呼，倘然"父亲"是尊崇的。

我在平屋的南窗下暂设一张小桌子，上面按照一定的秩序而布置着稿纸、信笺、笔砚、墨水瓶、浆糊瓶、时表和茶盘等，不喜欢别人来任意移动，这是我独居时的惯癖。我——我们大人——平常的举止，总是谨慎，细心，端详，斯文。例如磨墨，放笔，倒茶等，都小心从事，故桌上的布置每日依然，不致破坏或扰乱。因为我的手足的筋觉已经由于屡受物理的教训而深深地养成一种谨惕的惯性了。然而孩子们一爬到我的案上，就捣乱我的秩序，破坏我的桌上的构图，毁损我的器物。他们拿起自来水笔来一挥，洒了一桌子又一衣襟的墨水点；又把笔尖蘸在浆糊瓶里。他们用劲拔开毛笔的铜笔套，手背撞翻茶壶，壶盖打碎在地板上……这在当时实在使我不耐烦，我不免哼喝他们，夺脱他们手里的东西，甚至批他们的小颊。然而我立刻后悔：哼喝之后立刻继之以笑，夺了之后立刻加倍奉还，批颊的手在中途软却，终于变批为抚。因为我立刻自悟其非：我要求孩子们的举止同我自己一样，何其乖谬！我——我们大人——的举止谨惕，是为了身体手足的筋觉已经受了种种现实的压迫而痉挛了的缘故。孩子们尚保有天赋的健全的身手与真朴活跃的元气，岂像我们的穷屈？揖让、进退、规行、矩步等大人们的礼貌，犹如刑具，都是戕贼这天赋的健全的身手的。于是活跃的人逐渐变成了手足麻痹、半身不遂的残废者。残废者要求健全者的举止同他自己一样，何其乖谬！

儿女对我的关系如何？我不曾预备到这世间来做父亲，故心中常是疑惑不明，又觉得非常奇怪。我与他们（现在）完全是异世界的人，他们比我聪明、健全得多；然而他们又是我所生的儿女。这是何等奇妙的关系！世人以膝下有儿女为幸福，希望以儿女永续其自我，我实在不解他们的心理。我以为世间人与人的关系，最自然最合理的莫如朋友。君

臣、父子、昆弟、夫妇之情，在十分自然合理的时候都不外乎是一种广义的友谊。所以朋友之情，实在是一切人情的基础。"朋，同类也。"并育于大地上的人，都是同类的朋友，共为大自然的儿女。世间的人，忘却了他们的大父母，而只知有小父母，以为父母能生儿女，儿女为父母所生，故儿女可以永续父母的自我，而使之永存。于是无子者叹天道之无知，子不肖者自伤其天命，而狂进杯中之物，其实天道有何厚薄于其齐生并育的儿女！我真不解他们的心理。

近来我的心为四事所占据了：天上的神明与星辰，人间的艺术与儿童。这小燕子似的一群儿女，是在人世间与我因缘最深的儿童，他们在我心中占有与神明、星辰、艺术同等的地位。

戊辰〔1928〕年韦驮圣诞作于石湾[1]

....

[1]　本文篇末原未署日期。这里所署的日期是发表在《小说月报》时篇末所署。

阿　难 [1]

　　往年我妻曾经遭逢小产的苦难。在半夜里，六寸长的小孩辞了母体而默默地出世了。医生把他裹在纱布里，托出来给我看，说着：

　　"很端正的一个男孩！指爪都已完全了，可惜来得早了一点！"我正在惊奇地从医生手里窥看的时候，这块肉忽然动起来，胸部一跳，四肢同时一撑，宛如垂死的青蛙的挣扎。我与医生大家吃惊，屏息守视了良久，这块肉不再跳动，后来渐渐发冷了。

　　唉！这不是一块肉，这是一个生灵，一个人。他是我的一个儿子，我要给他起名字：因为在前有阿宝，阿先，阿

---

[1]　本篇原载 1927 年 11 月 10 日《小说月报》第 18 卷第 11 号，署名：子恺。

瞻，又他母亲为他而受难，故名曰"阿难"。阿难的尸体给医生拿去装在防腐剂的玻璃瓶中；阿难的一跳印在我的心头。

阿难！一跳是你的一生！你的一生何其草草？你的寿命何其短促？我与你的父子的情缘何其浅薄呢？

然而这等都是我的妄念。我比起你来，没有什么大差异。数千万光年中的七尺之躯，与无穷的浩劫中的数十年，叫做"人生"。自有生以来，这"人生"已被反复了数千万遍，都像昙花泡影地倏现倏灭，现在轮到我在反复了。所以我即使活了百岁，在浩劫中，与你的一跳没有什么差异。今我嗟伤你的短命，真是九十九步的笑百步！

阿难！我不再为你嗟伤，我反要赞美你的一生的天真与明慧。原来这个我，早已不是真的我了。人类所造作的世间的种种现象，迷塞了我的心眼，隐蔽了我的本性，使我对于扰攘奔逐的地球上的生活，渐渐习惯，视为人生的当然而恬不为怪。实则坠地时的我的本性，已经斫丧无余了。《西青散记》里史震林的《自序》中的这样的话：

"余初生时，怖夫天之乍明乍暗，家人曰：昼夜也。

怪夫人之乍有乍无，曰：生死也。教余别星，曰：孰箕斗；别禽，曰：孰乌鹊，识所始也。生以长，乍暗乍明乍有乍无者，渐不为异。间于纷纷混混之时，自提其神于太虚而俯之，觉明暗有无之乍乍者，微可悲也。"

我读到这一段，非常感动，为之掩卷悲伤，仰天太息。以前我常常赞美你的宝姐姐与瞻哥哥，说他们的儿童生活何等的天真，自然，他们的心眼何等的清白，明净，为我所万不敢望。然而他们哪里比得上你？他们的视你，亦犹我的视他们。他们的生活虽说天真，自然，他们的眼虽说清白，明净；然他们终究已经有了这世间的知识，受了这世界的种种诱惑，染了这世间的色彩，一层薄薄的雾障已经笼罩了他们的天真与明净了。你的一生完全不着这世间的尘埃。你是完全的天真，自然，清白，明净的生命。世间的人，本来都有像你那样的天真明净的生命，一入人世，便如入了乱梦，得了狂疾，颠倒迷离，直到困顿疲毙，始仓皇地逃回生命的故乡。这是何等昏昧的痴态！你的一生只有一跳，你在一秒间干净地了结你在人世间的一生，你坠地立刻解脱。正在中风狂走的我，更何敢企望你的天真与明慧呢？

我以前看了你的宝姐姐瞻哥哥的天真烂漫的儿童生活，惋惜他们的黄金时代的将逝，常常作这样的异想："小孩子长到十岁左右无病地自己死去，岂不完成了极有意义与价值的一生呢？"但现在想想，所谓"儿童的天国""儿童的乐园"，其实贫乏而低小得很，只值得颠倒困疲的浮世苦者的艳羡而已，又何足挂齿？像你的以一跳了生死，绝不撄浮生之苦，不更好吗？在浩劫中，人生原只是一跳。我在你的一跳中，瞥见一切的人生了。

然而这仍是我的妄念。宇宙间人的生灭，犹如大海中的波涛的起伏。大波小波，无非海的变幻，无不归元于海，世间一切现象，皆是宇宙的大生命的显示。阿难！你我的情缘并不淡薄，你就是我，我就是你；无所谓你我了！

一九二七年九月十七日 [1]

....

[1] 本文篇末原未署日期。这里所署的日期是发表在《小说月报》时篇末所署。在建国后作者自编的《缘缘堂随笔》（人民文学出版社 1957 年 11 月初版）中，篇末误署为：1926 年作。

给我的孩子们 [1]

我的孩子们！我憧憬于你们的生活，每天不止一次！我想委曲地说出来，使你们自己晓得。可惜到你们懂得我的话的意思的时候，你们将不复是可以使我憧憬的人了。这是何等可悲哀的事啊！

瞻瞻！你尤其可佩服。你是身心全部公开的真人。你什么事体都像拼命地用全副精力去对付。小小的失意，像花生米翻落地了，自己嚼了舌头了，小猫不肯吃糕了，你都要哭得嘴唇翻白，昏去一两分钟。外婆普陀去烧香买回来给你的泥人，你何等鞠躬尽瘁地抱他，喂他；有一天你自己失手把他打破了，你的号哭的悲哀，比大人们的破产，失恋，

[1]　本篇原载 1926 年 12 月 26 日《文学周报》第 4 卷第 6 期，署名：子恺。

broken heart〔心碎〕，丧考妣，全军覆没的悲哀都要真切。两把芭蕉扇做的脚踏车，麻雀牌堆成的火车，汽车，你何等认真地看待，挺直了嗓子叫"汪——""咕咕咕……"，来代替汽笛。宝姐姐讲故事给你听，说到"月亮姐姐挂下一只篮来，宝姐姐坐在篮里吊了上去，瞻瞻在下面看"的时候，你何等激昂地同她争，说"瞻瞻要上去，宝姐姐在下面看！"甚至哭到漫姑[1]面前去求审判。我每次剃了头，你真心地疑我变了和尚，好几时不要我抱。最是今年夏天，你坐在我膝上发见了我腋下的长毛，当作黄鼠狼的时候，你何等伤心，你立刻从我身上爬下去，起初眼睁睁地对我端相，继而大失所望地号哭，看看，哭哭，如同对被判定了死罪的亲友一样。你要我抱你到车站里去，多多益善地要买香蕉，满满地擒了两手回来，回到门口时你已经熟睡在我的肩上，手里的香蕉不知落在哪里去了。这是何等可佩服的真率，自然，与热情！大人间的所谓"沉默""含蓄""深刻"的美德，比起你来，全是不自然的，病的，伪的！

你们每天做火车，做汽车，办酒，请菩萨，堆六面画，

[1]　漫姑，即作者的三姐丰满。

唱歌，全是自动的，创造创作的生活。大人们的呼号"归自然！""生活的艺术化！""劳动的艺术化！"在你们面前真是出丑得很了！依样画几笔画，写几篇文的人称为艺术家，创作家，对你们更要愧死！

你们的创作力，比大人真是强盛得多哩：瞻瞻！你的身体不及椅子的一半，却常常要搬动它，与它一同翻倒在地上；你又要把一杯茶横转来藏在抽斗里，要皮球停在壁上，要拉住火车的尾巴，要月亮出来，要天停止下雨。在这等小小的事件中，明明表示着你们的小弱的体力与智力不足以应付强盛的创作欲、表现欲的驱使，因而遭逢失败。然而你们是不受大自然的支配，不受人类社会的束缚的创造者，所以你的遭逢失败，例如火车尾巴拉不住，月亮呼不出来的时候，你们决不承认是事实的不可能，总以为是爹爹妈妈不肯帮你们办到，同不许你们弄自鸣钟同例，所以愤愤地哭了，你们的世界何等广大！

你们一定想：终天无聊地伏在案上弄笔的爸爸，终天闷闷地坐在窗下弄引线的妈妈，是何等无气性的奇怪的动物！你们所视为奇怪动物的我与你们的母亲，有时确实难为了你们，摧残了你们，回想起来，真是不安心得很！

153

阿宝！有一晚你拿软软的新鞋子，和自己脚上脱下来的鞋子，给凳子的脚穿了，划袜立在地上，得意地叫"阿宝两只脚，凳子四只脚"的时候，你母亲喊着"齷齪了袜子！"立刻擒你到藤榻上，动手毁坏你的创作。当你蹲在榻上注视你母亲动手毁坏的时候，你的小心里一定感到"母亲这种人，何等杀风景而野蛮"吧！

瞻瞻！有一天开明书店送了几册新出版的毛边的《音乐入门》来。我用小刀把书页一张一张地裁开来，你侧着头，站在桌边默默地看。后来我从学校回来，你已经在我的书架上拿了一本连史纸印的中国装的《楚辞》，把它裁破了十几页，得意地对我说："爸爸！瞻瞻也会裁了！"瞻瞻！这在你原是何等成功的欢喜，何等得意的作品！却被我一个惊骇的"哼！"字喊得你哭了。那时候你也一定抱怨"爸爸何等不明"吧！

软软！你常常要弄我的长锋羊毫，我看见了总是无情地夺脱你。现在你一定轻视我，想道："你终于要我画你的画集的封面！"[1]

---

[1] 《子恺画集》的封面画是软软所作。

最不安心的，是有时我还要拉一个你们所最怕的陆露沙医生来。教他用他的大手来摸你们的肚子，甚至用刀来在你们臂上割几下，还要教妈妈和漫姑擒住了你们的手脚，捏住了你们的鼻子，把很苦的水灌到你们的嘴里去。这在你们一定认为太无人道的野蛮举动吧！

孩子们！你们真果抱怨我，我倒欢喜；到你们的抱怨变为感谢的时候，我的悲哀来了！

我在世间，永没有逢到像你们样出肺肝相示的人。世间的人群结合，永没有像你们样的彻底地真实而纯洁。最是我到上海去干了无聊的所谓"事"回来，或者去同不相干的人们做了叫做"上课"的一种把戏回来，你们在门口或车站旁等我的时候，我心中何等惭愧又欢喜！惭愧我为什么去做这等无聊的事，欢喜我又得暂时放怀一切地加入你们的真生活的团体。

但是，你们的黄金时代有限，现实终于要暴露的。这是我经验过来的情形，也是大人们谁也经验过的情形。我眼看见儿时的伴侣中的英雄，好汉，一个个退缩，顺从，妥协，屈服起来，到像绵羊的地步。我自己也是如此。"后之视今，亦犹今之视昔"，你们不久也要走这条路呢！

155

我的孩子们！憧憬于你们的生活的我，痴心要为你们永远挽留这黄金时代在这册子里。然这真不过像"蜘蛛网落花"略微保留一点春的痕迹而已。且到你们懂得我这片心情的时候，你们早已不是这样的人，我的画在世间已无可印证了！这是何等可悲哀的事啊！

《子恺画集》代序，一九二六年耶诞节作 [1]

----

[1]　作为《子恺画集》代序，本篇篇末所署为：1926 年耶稣降诞节，病起，
　　作于炉边。

送阿宝出黄金时代

　　阿宝，我和你在世间相聚，至今已十四年了，在这五千多天内，我们差不多天天在一处，难得有分别的日子。我看着你呱呱堕地，嘤嘤学语，看你由吃奶改为吃饭，由匍匐学成跨步。你的变态微微地逐渐地展进，没有痕迹，使我全然不知不觉，以为你始终是我家的一个孩子，始终是我们这家庭里的一种点缀，始终可做我和你母亲的生活的慰安者。然而近年来，你态度行为的变化，渐渐证明其不然。你已在我们的不知不觉之间长成了一个少女，快将变为成人了。古人谓"父母之年不可不知也，一则以喜，一则以惧"。我现在反行了古人的话，在送你出黄金时代的时候，也觉得悲喜交集。

　　所喜者，近年来你的态度行为的变化，都是你将由孩子

157

变成成人的表示。我的辛苦和你母亲的劬劳似乎有了成绩，私心庆慰。所悲者，你的黄金时代快要度尽，现实渐渐暴露，你将停止你的美丽的梦，而开始生活的奋斗了，我们仿佛丧失了一个从小依傍在身边的孩子，而另得了一个新交的知友。"乐莫乐兮新相知"，然而旧日天真烂漫的阿宝，从此永远不得再见了！

记得去春有一天，我拉了你的手在路上走。落花的风把一阵柳絮吹在你的头发上，脸孔上，和嘴唇上，使你好像冒了雪，生了白胡须。我笑着搂住了你的肩，用手帕为你拂拭。你也笑着，仰起了头依在我的身旁。这在我们原是极寻常的事：以前每天你吃过饭，是我同你洗脸的。然而路上的人向我们注视，对我们窃笑，其意思仿佛在说："这样大的姑娘儿，还在路上教父亲搂住了拭脸孔！"我忽然看见你的身体似乎高大了，完全发育了，已由中性似的孩子变成十足的女性了。我忽然觉得，我与你之间似乎筑起一堵很高，很坚，很厚的无影的墙。你在我的怀抱中长起来，在我的提携中大起来；但从今以后，我和你将永远分居于两个世界了。一刹那间我心中感到深痛的悲哀。我怪怨你何不永远做一个孩子而定要长大起来，我怪怨人类中何必有男女之分。然而怪怨之后立刻破悲为笑。恍悟这不是当然的事，可喜的事么？

记得有一天，我从上海回来。你们兄弟姊妹照例拥在我身旁，等候我从提箱中取出"好东西"来分。我欣然地取出一束巧格力来，分给你们每人一包。你的弟妹们到手了这五色金银的巧格力，照例欢喜得大闹一场，雀跃地拿去尝新了。你受持了这赠品也表示欢喜，跟着弟妹们去了。然而过了几天，我偶然在楼窗中望下来，看见花台旁边，你拿着一包新开的巧格力，正在分给弟妹三人。他们各自争多嫌少，你忙着为他们均分。在一块缺角的巧格力上添了一张五色金银的包纸派给小妹妹了，方才三面公平。他们欢喜地吃糖了，你也欢喜地看他们吃。这使我觉得惊奇。吃巧格力，向来是我家儿童们的一大乐事。因为乡村里只有箬叶包的糖塌饼，草纸包的状元糕，没有这种五色金银的糖果；只有甜煞的粽子糖，咸煞的盐青果，没有这种异香异味的糖果。所以我每次到上海，一定要买些回来分给儿童，藉添家庭的乐趣。儿童们切望我回家的目的，大半就在这"好东西"上。你向来也是这"好东西"的切望者之一人。你曾经和弟妹们赌赛谁是最后吃完；你曾经把五色金银的锡纸积受起来制成

华丽的手工品，使弟妹们艳羡。这回你怎么一想，肯把自己的一包藏起来，如数分给弟妹们吃呢？我看你为他们分均匀了之后表示非常的欢喜，同从前赌得了最后吃完时一样，不觉倚在楼上独笑起来。因为我忆起了你小时候的事：十来年之前，你是我家里的一个捣乱分子，每天为了要求的不满足而哭几场，挨母亲打几顿。你吃蛋只要吃蛋黄，不要吃蛋白，母亲偶然夹一筷蛋白在你的饭碗里，你便把饭粒和蛋白乱拨在桌子上，同时大喊"要黄！要黄！"你以为凡物较好者就叫做"黄"。所以有一次你要小椅子玩耍，母亲搬一个小凳子给你，你也大喊"要黄！要黄！"你要长竹竿玩，母亲拿一根"史的克"[1]给你，你也大喊"要黄！要黄！"你看不起那时候还只一二岁而不会活动的软软。吃东西时，把不好吃的东西留着给软软吃；讲故事时，把不幸的角色派给软软当。向母亲有所要求而不得允许的时候，你就高声地问："当错软软么？当错软软么？"你的意思以为：软软这个人要不得，其要求可以不允许；而阿宝是一个重要不过的人，其要求岂有不允许之理？今所以不允许者，大概是当错

---

[1] 英文 stick 的译音，意即手杖。

了软软的原故。所以每次高声地提醒你母亲，务要她证明阿宝正身，允许一切要求而后已。这个一味"要黄"而专门欺侮弱小的捣乱分子，今天在那里牺牲自己的幸福来增殖弟妹们的幸福，使我看了觉得可笑，又觉得可悲。你往日的一切雄心和梦想已经宣告失败，开始在遏制自己的要求，忍耐自己的欲望，而谋他人的幸福了；你已将走出惟我独尊的黄金时代，开始在尝人类之爱的辛味了。

记得去年有一天，我为了必要的事，将离家远行。在以前，每逢我出门了，你们一定不高兴，要阻住我，或者约我早归。在更早的以前，我出门须得瞒过你们。你弟弟后来寻我不着，须得哭几场。我回来了，倘预知时期，你们常到门口或半路上来迎候。我所描的那幅题曰《爸爸还不来》的画，便是以你和你的弟弟的等我归家为题材的。因为我在过去的十来年中，以你们为我的生活慰安者，天天晚上和你们谈故事，作游戏，吃东西，使你们都觉得家庭生活的温暖，少不来一个爸爸，所以不肯放我离家。去年这一天我要出门了，你的弟妹们照旧为我惜别，约我早归。我以为你也如此，正在约你何时回家和买些什么东西来，不意你却劝我早去，又劝我迟归，说你有种种玩意可以骗住弟妹们的阻止和

盼待。原来你已在我和你母亲谈话中闻知了我此行有早去迟归的必要，决意为我分担生活的辛苦了。我此行感觉轻快，但又感觉悲哀。因为我家将少却了一个黄金时代的幸福儿。

以上原都是过去的事，但是常常切在我的心头，使我不能忘却。现在，你已做中学生，不久就要完全脱离黄金时代而走向成人的世间去了。我觉得你此行比出嫁更重大。古人送女儿出嫁诗云："幼为长所育，两别泣不休。对此结中肠，义往难复留。"你出黄金时代的"义往"，实比出嫁更"难复留"，我对此安得不"结中肠"？所以现在追述我的所感，写这篇文章来送你。你此后的去处，就是我这册画集里所描写的世间。我对于你此行很不放心。因为这好比把你从慈爱的父母身旁遣嫁到恶姑的家里去，正如前诗中说："自小闺内训，事姑贻我忧。"事姑取甚样的态度，我难于代你决定。但希望你努力自爱，勿贻我忧而已。

约十年前，我曾作一册描写你们的黄金时代的画集（《子恺画集》）。其序文（《给我的孩子们》）中曾经有这样的话："我的孩子们！我憧憬于你们的生活，每天不止一次！我想委曲地说出来，使你们自己晓得。可惜到你们懂得我的话的意思的时候，你们将不复是可以使我憧憬的人了。这是何等可悲哀的事啊！""但是，你们的黄金时代有限，现实终于要暴露的。这是我经验过来的情形，也是大人们谁也经验过的情形。我眼看见儿时的伴侣中的英雄，好汉，一个个退缩，顺从，妥协，屈服起来，到像绵羊的地步。我自己也是如此。'后之视今，亦犹今之视昔'，你们不久也要走这条路呢！"写这些话时的情景还历历在目，而现在你果然已经"懂得我的话"了！果然也要"走这条路"了！无常迅速，念此又安得不结中肠啊！

廿三〔1934〕年岁暮，选辑近作漫画，定名为《人间相》，付开明出版。选辑既竟，取十年前所刊《子恺画集》比较之，自觉画趣大意。读序文，不觉心情大异。遂写此篇，以为《人间相》辑后感

幸福儿童

邻家的小朋友黄昏到我家来玩，看见了我总说"公公讲故事！"公公肚里的故事讲完了，只得回忆过去，把旧时的见闻讲给他们听，聊以塞责。有一晚，讲解放前黑暗社会里的儿童的不幸，我说："我们现在所住的地方，从前是外国人管的，叫做法租界。住在这里的外国人很凶，中国人很苦。我有一个朋友，家住在这里。他出门到远地方去了，家里只剩一个妈妈和两个孩子，一个男的八岁，一个女的六岁。有一次，这两个孩子饿了三天，没有吃饭！"小朋友睁大了眼睛问："为什么？为什么？"我继续讲："那一天早上，两个孩子还没有起来，妈妈提了篮出门去买米。有一个外国小孩在路上跌了一跤，外国小孩的妈妈看见她走在小孩旁边，就硬说是她把他推倒的，拉住了她，喊起巡捕来。那巡捕见外国人怕，见中国人欺侮，就把这妈妈拉到巡捕房里，把她关进牢监里，关了三天。两个孩子在家里等妈妈回来烧早饭吃，等了一天不回来，等了两天不回来；等到第三天晚上，妈妈才哭着回来，一看，两个孩子躺在地板上，一动也不动，快饿死了，因为三天没有吃饭了。"小朋友大家提出质问。有一个说："他们为什么不到隔壁人家去吃饭呢？"我说："那时候隔壁人家是不来往的，死了人也不管。"另一个问："他们为什么不到食堂里去吃饭呢？"我说："那时候没有食堂，要吃饭只有自家烧。"第三个小朋友问："那么他们为什么不到你家去吃饭呢？"我说："我家住的地方很远，正像小冰家到这里一样远，两个孩子自己怎么会去呢？"——小冰者，就是我外孙，他的弟弟叫毛头，那时两人都不满十岁，星期天常常自己乘电车到我家来玩，和邻家的小朋友很要好的。——这小朋友就反驳："那么，小冰和毛头为什么自己会来？"我说："那时候上海坏人多，小孩子独自出门要被人欺侮，或者被人拐去，不像现在那样……"我说到这里，心中赫然地显出一幅新旧社会明暗对比图，就不期地拍着这几个小朋友的肩膀说："你们真是幸福儿童啊！"

在现今的新社会里，儿童真幸福呢！就像今晚，里弄里

的儿童到我家来玩，要公公讲故事，这种情况恐怕也是住过旧上海的人所不能想象的吧。在从前，上海地方五方杂处，良莠不齐。邻人一概不认识。即使一家住在楼上，一家住在楼下，也绝不往来，绝不招呼。所以居民一有缓急，除非有亲戚朋友来支援，邻人是死活不管的。现在呢，这个中国最大的都市里，不止五方杂处，然而人们都互相亲善了。里弄居民守望相助，痛痒相关。所谓"远亲不及近邻"这句古话，在黑暗的旧社会里一时失却了意义，在光明的新社会里重新恢复其真理了。

里弄有食堂可以供居民吃饭，这也是新社会居民的新幸福之一。在从前，各家必须各自买菜、生火、煮饭。即使一家只有一两个人，也得另起炉灶。即使十分烦忙，也得自己造饭。现在各里弄都有了食堂。居民如果有空，或者欢喜自己弄点小菜吃吃，就在自己家里做饭；如果人少或很忙，没有工夫买菜、生火、煮饭、洗碗，那么就可到食堂里去吃。这真是价廉物美、童叟无欺的。因为食堂是居民自己办的，没有人从中剥削。如果母亲不回来，孩子可以自由地到食堂吃饭。食堂里的服务员就是邻人，都认识孩子们，就像母亲一样照顾孩子们。所以我邻家的小朋友们都不相信我那朋友家的两个孩子饿了三天。

　　新上海的电车、汽车的司机和售票员，和旧上海的大大地不同了。他们都照顾乘客，尤其是老人和小孩。像我这样的老人，无论电车怎样拥挤，一上车就有人让座位。我的外孙小冰和毛头，住在虹口四平路，离开我家十多里路，来时要转两次或三次电车。然而小冰八九岁上就独自乘电车来望外公外婆。有时吃了夜饭，玩了一会，到八九点钟才回家。然而一向平安无事。因为司机、售票员和乘客都照顾小孩，他们就同跟着父母出门一样。有一个星期天早晨，他的七岁的弟弟毛头忽然一个人来了。我吃惊地问："你一个人会来的？"他说："哥哥有事，我一个人来了。"我问："你会上电车的？"他说："有一次人多，上车是一个解放军叔叔抱我上去的；下车是售票员抱我下来的。"

　　这种社会状况我现在已经看惯，不以为奇了。那天晚上被邻家的几个小朋友一问，我才深切地感到新旧社会的明暗之别，和新旧时代儿童的幸不幸之差，就在儿童节上写这篇随笔，告诉侨居海外的家长和儿童。

　　　　　　　　　　　　一九六一年儿童节前于上海

167

未来的国民——新枚 [1]

    三月间我初到长沙时，就写信给广西柳州的朋友，问他柳州的生活状况，以及从长沙到柳州的路径。当时我有三种主张，一是返沪，一是入川，一是赴桂。返沪路太远，入川路太难，终于决定赴桂。还有一更重要的原因：久闻桂有"模范省"之称，我想去看一看。所以决定赴桂。柳州的朋友复我一封长信，言桂中种种情状，并附一纸详细的路径。结论是劝我早日入桂，表示十分的欢迎。然而长沙也是可爱的地方，虽曾被屈原贾谊涂上一层忧伤的色彩，然而无数的抗战标语早已给它遮住，如今不复有行吟痛哭之声，但见火焰一般的热情了。况且北通汉口，这实际的首都中的蓬勃的

[1] 本篇原载 1938 年 9 月 16 日《宇宙风》第 75 期。

抗战热情，时常泛滥到长沙来，这环境供给我一种精神的营养，使我在流亡中不生悲观，不感失望，而且觉得极有意义，极有希望。所以我舍不得离开湘鄂，把柳州朋友的信保存在行囊中。直到五月间，桂林教育当局来信，聘我去担任"暑期艺术师资训练班"的教课，我方才启程入桂。桂林与柳州相去只有一天的行程，若赴柳州必经桂林。与我的初衷并不相背。且在这禽兽逼人的时候，桂人不忘人间和平幸福之母的艺术，特为开班训练，这实在是泱泱大国的风度，也是最后胜利之朕兆，假使他们不来聘请我，我也想学毛遂自荐呢。我就在六月廿三日晨八时，率眷十人，同亲友八人，乘专车入桂。

从长沙到桂林，计五百五十公里，合旧时约千余里。须分两天行车。这么长的汽车旅行，我们都是第一次经历。这么崎岖的公路，我们在江南也从来没有走过。最初大家觉得很新奇，很有趣味。后来车子颠簸得厉害，大家蹙紧了眉头，相视而叹。小孩中有的嚼了舌头，有的震痛了巴掌，有的靠在窗口呕吐了。那些行李好像是活的，自己会走路。最初放在车尾，一会儿走到车中央来了。正午车子在衡阳小停，车夫教我们到站旁的小饭店去吃饭。有多数人不要吃，

有些人吃了一点面。一小时后，车子又开，晚七时开到了零陵。零陵就是柳子厚所描写过的永州，然而我们没有去玩赏当地的风景，因为时候已迟，人力已倦，去进牢狱似的小客栈，大家认为无上的安乐窠，不想再出门了。

夜饭后，我巡视各房间，看见我家的老太太端坐竹凳上摇扇子，我妻拿着电筒赶来赶去寻手表（她失了手表，后来在草地上寻着），我心中就放下两块大石头。第一，因为老太太年已七十一岁，以前旅行只限于沪杭火车。最近从浙江到长沙，大半是坐船的。这么长途的汽车旅行，七十年来是第一次。她近来又患一种小毛病，一小时要小便一二次。然而她又怕臭气，毛厕里去了两次就发痧。今天她坐在汽车里，面前放一个便桶。汽车开行时，便桶里的东西颠簸震荡，臭气直熏她的鼻子，然而她并不发痧，也不疲倦，还能端坐在凳上摇扇子，则明天还有大半天的行程，一定也可平安通过，使我放心。第二，我妻十年不育了，流亡中忽然受孕，怀胎已经四个月。据人说，三四个月的胎儿顶容易震脱，孕妇不宜坐汽车。然而她怀了孕怕难为情，不告诉人，冒险上汽车去。我在车中为她捏两把汗。准备万一有变，我同她半途下车求医，让余人先赴桂林，幸而直到零陵不见动静，进了旅馆她居然会赶来赶去寻手表，则明天大半天的行程，一定也能平安通过。这更使我放心而且欢庆。

大肚皮逃难，在流亡中生儿子，人皆以为不幸，我却引为欢庆。我以为这不过麻烦一点而已。当此神圣抗战的时代，倘使产母从这生气蓬勃的环境中受了胎教，生下来的孩子一定是个好国民，可为未来新中国的力强的基础分子。麻烦不可怕。现在的中国人倘怕麻烦，只有把家族杀死几个，或者遗弃几个给敌人玩弄。充其极致，还是自杀了，根本地免了麻烦。倘中国统是抱这种思想的人，现在早已全国沦亡在敌人手里，免却抗战的麻烦了！这里我想起了一件可痛心的事：去年十二月底，我率眷老幼十人仓皇地经过兰溪，途遇一位做战地记者的老同学[1]，他可怜我，请我全家去聚丰园吃饭。座上他郑重地告诉我："我告诉你一件故事。这故事其实是很好的。"他把"很好"二字特别提高。"杭州某人率眷坐汽车过江，汽车停在江边时，一小孩误踏机关，车子开入江中，全家灭顶。"末了他又说一句："这故事其实是很好的。"我知道了，他的意思，是说"像你这样的人，拖

------

[1] 指曹聚仁。

171

了这一群老小逃难，不如全家死了干净"。这是何等浅薄的话，这是何等不仁的话！我听了在心中不知所云。我们中国有着这样的战地记者，无怪第一期抗战要失败了。我吃了这顿"嗟来之食"，恨不得立刻吐出来还了他才好。然而过后我也并不介意。因为这半是由我自取。我在太平时深居简出，作文向不呐喊。逃难时警察和县长比我先走，地方混乱。我愤恨政府，曾经自称"老弱"，准备"转乎沟壑"，以明政府之罪。

因此这位战地记者就以我为可怜的弱者，他估量我一家在这大时代下一定会灭没。在这紧张的时候，肯挖出腰包来请我全家吃一餐饭，在他也是老同学的好意。这样一想，我非但并不介意，且又感谢他了。我幸而不怕麻烦，率领了老幼十人，行了三四千里戎马之地，居然安抵桂林。路上还嫌家族太少，又教吾妻新生一个。这回从长沙到桂林的汽车中，胎儿没有震脱，小性命可保。今年十月间，我家可以增一人口，我国可以添一国民了。十年不育，忽然怀胎，事情有点希奇。一定是这回的抗战中，黄帝子孙壮烈牺牲者太多；但天意不亡中国，故教老妻也来怀孕，为复兴新中国增添国民。当晚我们在零陵的小旅馆里欢谈此事，大家非常高兴。我就预先给小孩起名。不论男女，名曰"新枚"。这两字根据我春间在汉口庆祝台儿庄胜利时所作的一首绝诗。诗云："大树被斩伐，生机并不绝。春来怒抽条，气象何蓬勃！"这孩子是抗战中所生，犹似大树被斩伐后所抽的新条。我最初拟即名之曰"新条"。他（或她）的大姐陈宝说，条字不好听，请改"条枚"的枚字。我赞成了。新枚虽未出世，但他（或她）的名字已经先到人间。家人早已虚席以待了。

第二天，又是八点钟开车。零陵以西的公路比前愈加崎岖。有时汽车里的人被抛到半尺之高。下午三时到桂林，全家暂住大中华旅馆。新枚还是安睡在他（或她）母亲的肚子里，也被带进大中华。

大中华民国廿七年六月廿

五日于桂林，大中华旅馆三〇三号

新枚的故事 [1]

我家有一个七岁而未曾上学的男孩子，叫做新枚。新枚是抗战第二年在桂林出世的。流亡中为防空袭，常住乡下，因此没有送他上学；但由他的姑母及兄姊们自己教教。他每天学习不过二三小时，余多的时间是玩。玩得腻了，就要我讲一只故事。这已成了习惯。我肚里的故事讲完了，就自己编造。兴之所至，信口乱造，讲完就算，从来不曾记录。今天又讲一只。偶然高兴，把他记录在下面：

有一天，我到一处地方去玩，看见旷野中有一伙人打架。起先是两人相打，一个是老人。他身上穿的衣服很高贵，而且很多。狐皮外套，貂皮褂子，缎罗，缎匹，一重一

[1] 本篇原载 1946 年 11 月 15 日《文艺春秋》第 3 卷第 5 期。手稿文末署"卅四年八月十一日于重庆作"。

重的，穿得身体十分庞大。他的帽子更高贵，嵌着许多宝石。他的靴子也很出色，是用海外奇材制成的。但他年纪很老，而且脸色憔悴，好像是有病的。另一个青年，一看就知道是个流氓。他一双浓眉毛，一脸横肉，装一种狞笑，可怕而又可恶。他穿的衣服不及那老人的多而好。但他身体很强健，而且手里拿一根棒。——这样的两个人最先打起架来。

　　两人为什么打架呢？我是从头至尾看到的：那流氓看见那老人身上穿得比自己好，起了不良之心，想掠夺他老人家的。无端不好动手。他便走到老人身边，假装绊了一交，爬起来狠狠地说："你这老头子真可恶！身体这么庞大，走路这么迟笨，我为了避你，才被树根绊倒。我痛得很！你非赔偿我损失不可！"他举起棒来要打。那老人自然不敢对抗，连忙拱手，向他赔话。他说："人家跌坏了身体，不是一句空话可以了事的，我要打你！"他举起棒来。老人连忙作揖，答允赔偿。那流氓说："把你头上的帽子给我，当作医疗费，我就不打。"老人实在舍不得这帽子，而且觉得冤屈得很！他看见附近有几个壮年人在旁观，就向他们求救，要他们作公正的调定。但他们都对他冷笑，反背着手，一切不管。而流氓又举起棒来了。于是老人不得不忍痛答允，把帽

子除下来送给他。流氓得了老人的珍贵的帽子就走开了。

过了一回，流氓又走到老人的背后来了。老人一阵咳嗽，想要吐痰。他不提防流氓在他背后，旋转头去"呸"地一声，一点痰沫溅在流氓的脚上了！这在流氓是求之不得的，他直跳起来，骂道："你这肺病鬼！把痰吐在我身上，教我传染肺病？这明明是有意伤害我的生命，我非打死你不可！"老人又是拱手作揖，努力辩白；但流氓不理，一棒打去，正打在老人的秃头上。老人痛得发昏，一面伸手招架，一面连说："莫打，莫打，有话好讲，有话好讲！"流氓放下棒，乘势又在老人屁股上打了一下，然后说道："要我不打，把你的外套脱下来给我，作为肺病防治费！不然我就……"他又举起棒来了。老人连忙答允。他摸摸他的珍贵的狐皮外套，抬起眼来看看附近的几个壮年男子，意思是说："这回太冤枉，请你们帮帮忙了！"但他们悠然地吸着雪茄，在旁闲看，不管别人的帐。在流氓的谩骂和恐吓之下，老人终于脱下了狐皮外套。流氓拿了外套就走。

流氓去了一回，又转来了。手里除棒以外，又拿着一枝红花，像桃花，又像杏花，不知从哪里采来的。他走过老人的身旁，故意把花枝擦过老人的庞大的身体，擦下了一朵红花。"哇呀！好花被你擦坏了！"他把花摔在地上，顺手抓住了老人的衣领，厉声骂道："你这老糊涂！赔偿我的名花来！这是天下最美丽的樱花。我是盆栽的专家。我费了很大苦心，才得到这枝名花。这是无价之宝！如今被你毁坏了，无法赔偿，我只要打死你！"说过，举起棒来向老人的腰里痛打。老人已经忍耐了两次，积愤在胸。如今他第三次敲诈，而且来势这样横蛮，老人实在不能再忍耐了。他就提起精神，大叫一声，拔出老拳来抵抗。老人本性爱好和平，而且自知力弱，外加手无寸铁，不是他的对手。但对方无赖敲诈，层出不穷；而且得寸进尺，欲壑难填。老人毕竟读圣贤书，深明大义，到了忍无可忍的时候，为了正义人道，他就不顾这条老命了！一棒打来，一拳还去；跌倒爬起，爬起跌倒，两人打个落花流水。流氓一面打，一面剥夺老人的衣服。剥了褂子，剥了绵袄，剥了衬衣，脱了靴子，脱了袜子……打到后来，老人只剩一条裤子，和遍体鳞伤。而流氓则越打越强，大有剥他的裤子，要他的老命之势。最使老人伤心的，是他在被流氓拷打剥夺的中间，瞥见旁观的壮年人们非但不救，而且其中有人看见流氓的棒掉了，帮他拾起来教他再打。但在这片旷野中，只有势利，强权和暴力，而全

无道义与法律。老人在这情况之下，眼见得只有死路一条！

　　老人只穿一条裤子，在血泊中挣扎。流氓穿了老人的衣帽靴袜，得意洋洋，高声喊道："你把裤子脱了来给我，向我屈膝跪拜！这才饶你的狗命！"老人哪里肯屈膝？他坚不答应，只管在血泊中挣扎。流氓见此情形，得意忘形，便使起棒来，好像戏台上的孙行者。

　　他使棒，显武艺。旁边的几个壮年人们坐着欣赏。他见他们悠然地吸着雪茄，欣赏武艺，忽然想道："我武运长久，天下无敌！这老家伙不是我的对手，打死了也不够味。这几个壮年人嬉皮笑脸，神气活现的，大约都是饭桶，经不起打的。我何不乘势打倒他们，独占这旷野，这才真是天下无敌呢！时机不可错过，来！"突然一棒，打在一个壮年人的脚上。这人正坐在花坡上闲眺，把他那穿着珍珠缀成的鞋子的脚伸出在外，靠近流氓的身边。不提防这重重的一棒，打得珍珠飞散，皮破肉绽，血流如注。这壮年人受此意外打击，一时狼狈周章，想不出对付办法。流氓以为他不敢抵抗，便用力再打他的腿，乘便又打了另一个人的脚和腿。两人都受了伤。但他们都是魁梧奇伟，年富力强的，虽然受伤，还是站得起来。他们立刻站起，挥着手杖，大骂"这小流氓胆敢

惹你老子？"便打将过来。流氓吃惊，拼命乱打。三人酣
战，一时不分胜负。老人见此情形，心中大快；连忙从血泊
中爬起身来，一跷一拐地走到壮年人们身边，同他们合伙，
拔出老拳，共打流氓。拳头没有打到流氓身上，反被他棒头
一拨，跌倒在地。壮年人扶持，没有跌死。从此他便双手挽
住壮年人的衣带，同他们并肩作战。他的参加，虽然只有空
口叫喊，没有实力，但也可助长威势，况且他以前的拼命抵
抗，多少已经消耗了流氓的气力。如今流氓以一抵三，毕竟
吃力，终于渐渐退却了。壮年人和老人乘势追击，打伤了流
氓的腿，又打断了流氓的臂，又打破了流氓的头。最后，一
个壮年人身边摸出一部弹弓来，一颗弹子"扑"地飞出，正
打中流氓的右额；又一颗子弹"扑"地飞出，正打中流氓的
左额。流氓头破血淋，遍体重伤，便丢了棒，向壮年人和老
年人跪下，口称"饶命！"老人转败为胜，不胜庆喜，连忙
剥取流氓身上的衣服，靴帽，收回原物，连很早以前被他夺
去的一个鼻烟壶也收回了。老人依旧穿得很阔绰而且庞大。
壮年人们便把这个打得半死半活的流氓用索子拴在树上，尽
行剥取他的衣物，永远不许他自由行动。一场打架，如此结
束。

故事讲完了。现在我们来回想想看：那流氓欺侮老弱，穷凶极恶，而且野心勃发，不自量力。他的败亡是自取的。这人可野而又可怜。那壮年人呢，吃了亏起来报复，终于算清冤债，还有赔偿，真是了不起的强者。实在可羡而又可佩。至于那老人呢，已经到了九死一生的时候，忽然转败为胜；外加如数收回他所失去的东西，真是意想不到的奇迹！我觉得可庆而又可笑。可庆的是他的运命好。假使流氓不打壮年人这一棒，老人孤立无援，结果必死无疑。流氓这一棒，不啻把老人从地狱里赶上了天堂，而自己钻进了地狱。这真是"天道有知"，"报应不爽"，岂非老人的大庆？可笑的是在这不讲道义而只有强权的旷野中，强人居然会跪在老人的面前，好像是做梦而不是事实；如今真成事实，一向气高趾昂的人对着一向打拱作揖的人跪倒下来，岂不太难为情？使人看了要笑。

老人交此好运，前途应该很有希望。可惜最近这老人正在患病，头晕眼花，麻木不仁，好像有病菌在他体内作祟。我们希望他赶快请医服药，好好地注意营养，使身体恢复健康。古语云："老当益壮。"老人只要自爱，未始不能比壮年人更强的。

我与弘一法师

为青年说弘一法师 [1]

弘一法师于去年十月十三日在泉州逝世，至今已有五个多月。傅彬然先生曾有关于他的一篇文章登在本刊上，而我却沉默了五个多月，至今才写这篇文字。许多人来信怪我，以为我对于弘一法师关系较深，何以他死了我没有一点表示。有的人还来信向我要关于弘一法师的死的文字，以为我一定在发起追悼大会，或者编印纪念刊物，为法师装"哀荣"的。其实全无此事。我接到泉州开元寺性常师打来的报告法师"生西"（就是往生西方，就是死）的电报时，正是去年十月十八日早晨，我正在贵州遵义的寓楼中整理行装，要把全家迁到重庆去。当时坐在窗下沉默了几十分钟，发了

[1] 本篇原载 1943 年《中学生》战时半月刊第 63 期。编入 1959 年版《缘缘堂随笔》时改名《怀李叔同先生》。

一个愿：为法师造像（就是画像）一百尊，分寄各省信仰他的人，勒石立碑，以垂永久。预定到重庆后动笔。发愿毕，依旧吃早粥，整行装，觅车子。

弘一法师是我的老师，而且是我生平最崇拜的人。如此说来，我岂不太冷淡了吗？但我自以为并不。我敬爱弘一法师，我希望他在这世间久住。但我确定弘一法师必有死的一日。因为他是"人"。不过死的时日迟早不得而知。我时时刻刻防他死，同时时刻刻防我自己死一样。他的死是我意中事，并不出于意料之外。所以我接到他的死的电告，并不惊惶，并不恸哭。老实说，我的惊惶与恸哭，在确定他必有死的一日之前早已在心中默默地做过了。

我去冬迁居重庆，忙着人事及疾病，到今年一月方才有工夫动笔作画。一月中，我实行我的前愿，为弘一法师造像。连作十尊，分寄福建、河南诸信士。还有九十尊，正在接洽中，定当后续作。为欲勒石，用线条描写，不许有浓淡光影。所以不容易描得像。幸而法师的线条画像，看的人都说"像"。大概是他的相貌不凡，特点容易捉住之故。但是还有一个原因：他在我心目中印象太深之故。我自己觉得，为他画像的时候，我的心最虔诚，我的情最热烈，远在惊惶恸哭及发起追悼会、出版纪念刊物之上。其实百年之后，刻像会模糊起来，石碑会破烂的。千万年之后，人类会绝灭，地球会死亡的。人间哪有绝对"永久"的事！我的画像勒石立碑，也不过比惊惶恸哭、追悼会、纪念刊稍稍永久一点而已。

读了傅彬然先生的文章之后，我也想来为读者谈谈，就写这篇文章。[1]

距今二十九年前，我十七岁的时候，最初在杭州贡院的浙江省立第一师范学校里见到李叔同先生（即弘一法师）。那时我是预科生，他是我们的音乐教师。一年中我见他的次数不多。因为他常常请假。走廊上玻璃窗中请假栏内，"音乐李师"一块牌子常常摆着。他不请假的时候，[2]我们上他的音乐课，有一种特殊的感觉：严肃。摇过预备铃，我们走向音乐教室（这教室四面临空，独立在花园里，好比一个温室）。推进门去，先吃一惊：李先生早已端坐在讲台上。以为先生还没有到而嘴里随便唱着、喊着，或笑着、骂着而推

---

[1] 文首至此的四段，在编入 1957 年版《缘缘堂随笔》时被作者删去。

[2] 从"一年中……"至此的几句，编入 1957 年版《缘缘堂随笔》时被作者删去。

进门去的同学，吃惊更是不小。他们的唱声、喊声、笑声、骂声以门槛为界限而忽然消灭。接着是低着头，红着脸，去端坐在自己的位子里。端坐在自己的位子里偷偷地仰起头来看看，看见李先生的高高的瘦削的上半身穿着整洁的黑布马褂，露出在讲桌上，宽广得可以走马的前额，细长的凤眼，隆正的鼻梁，形成威严的表情。扁平而阔的嘴唇两端常有深涡，显示和爱的表情。这副相貌，用"温而厉"三个字来描写，大概差不多了。讲桌上放着点名簿、讲义，以及他的教课笔记簿、粉笔。钢琴衣解开着，琴盖开着，谱表摆着，琴头上又放着一只时表，闪闪的金光直射到我们的眼中。黑板（是上下两块可以推动的）上早已清楚地写好本课内所应写的东西（两块都写好，上块盖着下块，用下块时把上块推开）。在这样布置的讲台上，李先生端坐着。坐到上课铃响出（后来我们知道他这脾气，上音乐课必早到。故上课铃响时，同学早已到齐），他站起身来，深深地一鞠躬，课就开始了。这样地上课，空气严肃得很。

有一个人上音乐课时不唱歌而看别的书，有一个人上音乐课时吐痰在地板上，以为李先生不看见的，其实他都知道。但他不立刻责备，等到下课后，他用很轻而严肃的声音郑重地说："某某等一等出去。"于是这位某某同学只得站着。等到别的同学都出去了，他又用轻而严肃的声音向这某某同学和气地说："下次上课时不要看别的书。"或者："下次痰不要吐在地板上。"说过之后他微微一鞠躬，表示"你出去吧"。出来的人大都脸上发红，带着难为情的表情（我每次在教室外等着，亲自看到的）。又有一次下音乐课，最后出去的人无心把门一拉，碰得太重，发出很大的声音。他走了数十步之后，李先生走出门来，满面和气地叫他转来。等他到了，李先生又叫他进教室来。进了教室，李先生用很轻而严肃的声音向他和气地说："下次走出教室，轻轻地关门。"就对他一鞠躬，送他出门，自己轻轻地把门关了。最不易忘却的，是有一次上弹琴课的时候。我们是师范生，每人都要学弹琴，全校有五六十架风琴及两架钢琴。风琴每室两架，给学生练习用；钢琴一架放在唱歌教室里，一架放在弹琴教室里。上弹琴课时，十数人为一组，环立在琴旁，看李先生范奏。有一次正在范奏的时候，有一个同学放一个屁，没有声音，却是很臭。钢琴，李先生及十数同学全部沉浸在亚莫尼亚气体中。同学大都掩鼻或发出讨厌的声音。李先生眉头一皱，自管自弹琴（我想他一定屏息着）。弹到后

来，亚莫尼亚气散光了，他的眉头方才舒展。教完以后，下课铃响了。李先生立起来一鞠躬，表示散课。散课以后，同学还未出门，李先生又郑重地宣告："大家等一等去，还有一句话。"大家又肃立了。李先生又用很轻而严肃的声音和气地说："以后放屁，到门外去，不要放在室内。"接着又一鞠躬，表示叫我们出去。同学都忍着笑，一出门来，大家快跑，跑到远处去大笑一顿。

李先生用这样的态度来教我们音乐，因此我们上音乐课时，觉得比其他一切课更严肃。同时对于音乐教师李叔同先生，比对其他教师更敬仰。他虽然常常请假，没有一个人怨他，似乎觉得他请假是应该的。但读者要知道，他的受人崇敬，不仅是为了上述的郑重态度的原故；他的受人崇敬使人真心地折服，是另有背景的。背景是什么呢？就是他的人格。他的人格，值得我们崇敬的有两点：第一点是凡事认真，第二点是多才多艺。先讲第一点：李先生一生的最大特点是"凡事认真"。他对于一件事，不做则已，要做就非做得彻底不可。[1] 他出身于富裕之家，他的父亲是天津有名

---

[1] 从"他虽然常常请假，……"至此的数行，编入 1957 年版《缘缘堂随笔》时有删改。

的银行家。他是第五位姨太太所生。他父亲生他时，年已七十二岁。他堕地后就遭父丧，又逢家庭之变，青年时就陪了他的生母南迁上海。在上海南洋公学读书奉母时，他是一个翩翩公子。当时上海文坛有著名的沪学会，李先生应沪学会征文，名字屡列第一。从此他就为沪上名人所器重，而交游日广，终以"才子"驰名于当时的上海。所以后来他母亲死了，他赴日本留学的时候，作一首《金缕曲》，词曰："披发佯狂走。莽中原暮鸦啼彻几株衰柳。破碎河山谁收拾，零落西风依旧。便惹得离人消瘦。行矣临流重太息，说相思刻骨双红豆。愁黯黯，浓于酒。漾情不断淞波溜。恨年年絮飘萍泊，庶难回首。二十文章惊海内，毕竟空谈何有！听匣底苍龙狂吼。长夜西风眠不得，度群生那惜心肝剖。是祖国，忍孤负？"读这首词，可想见他当时豪气满胸，爱国热情炽盛。他出家时把过去的照片统统送我，我曾在照片中看见过当时在上海的他：丝绒碗帽，正中缀一方白玉，曲襟背心，花缎袍子，后面挂着胖辫子，底下缀带扎脚管，双梁厚底鞋子，头抬得很高，英俊之气，流露于眉目间。（读者恐没有见过上述的服装。这是光绪年间上海最时髦的打扮。问你们的祖父母，一定知道。）真是当时上海一等的翩翩公子。这

是最初表示他的特性：凡事认真。他立意要做翩翩公子，就彻底地个翩翩公子。

后来他到日本，看见明治维新的文化，就渴慕西洋文明。他立刻放弃了翩翩公子的态度，改做一个留学生。他入东京美术学校，同时又入音乐学校。这些学校都是模仿西洋的，所教的都是西洋画和西洋音乐。李先生在南洋公学时英文学得很好；到了日本，就买了许多西洋文学书。他出家时曾送我一部残缺的原本《莎士比亚全集》，他对我说："这书我从前细读过，有许多笔记在上面，虽然不全，也是纪念物。"由此可想见他在日本时，对于西洋艺术全面进攻，绘画、音乐、文学、戏剧都研究。后来他在日本创办春柳剧社，纠集留学同志，共演当时西洋著名的悲剧《茶花女》（小仲马著）。他自己把腰束小，把发拖长，粉墨登场，扮作茶花女。这照片，他出家时也送给我，一向归我保藏，直到抗战时为兵火所毁。现在我还记得这照片：卷发，白的上衣，白的长裙拖着地面，腰身小到一把，两手举起托着后头，头向右歪侧，眉峰紧蹙，眼波斜睇，正是茶花女自伤命薄的神情。另外还有许多演剧的照片，不可胜计。这春柳剧社后来迁回中国，李先生就脱出，由另一班人去办，便是中国最初的"话剧"社。由此可以想见，李先生在日本时，是彻头彻尾的一个留学生。我见过他当时的照片：高帽子、硬领、硬袖、燕尾服、史的克〔手杖〕、尖头皮鞋，加之长身、高鼻，没有脚的眼镜夹在鼻梁上，竟活像一个西洋人。这是第二次表示他的特性：凡事认真。学一样，像一样。要做留学生，就彻底地做个留学生。

他回国后，在上海《太平洋报》报社当编辑。不久，就被南京高等师范请去教图画、音乐。后来又应杭州浙江两级师范学校（就是我就学的浙江第一师范的前身。李先生从两级师范一直教到第一师范）之聘，同时教两地两校，每月中半个月住南京，半个月住杭州。两校都请助教，他不在时由助教代课。这时候，李先生已由留学生变为"教师"。这一变，变得真彻底：漂亮的洋装不穿了，却换上灰色粗布袍子、黑布马褂、布底鞋子。金丝边眼镜也换了黑的钢丝边眼镜。他是一个修养很深的美术家，所以对于仪表很讲究。虽然布衣，形式却很称身，色泽常常整洁。他穿布衣，全无穷相，而另具一种朴素的美。你可想见，他是扮过茶花女的，身材生得非常窈窕。穿了布衣，仍是一个美男子。"淡妆浓抹总相宜"，这诗句原是描写西子的，但拿来形容我们的李

先生的仪表，也最适用。今人侈谈"生活艺术化"，大都好奇立异，非艺术的。李先生的服装，才真可称为生活的艺术化。他一时代的服装，表出着一时代的思想与生活。各时代的思想与生活判然不同，各时代的服装也判然不同。布衣布鞋的李先生，与洋装时代的李先生、曲襟背心时代的李先生，判若三人。这是第三次表示他的特性：认真。

我二年级时，图画归李先生教。他教我们木炭石膏模型写生。同学一向描惯临画，起初无从着手。四十余人中，竟没有一个人描得像样的。后来他范画给我们看。画毕把范画揭在黑板上。同学们大都看着黑板临摹。只有我和少数同学，依他的方法从石膏模型写生。我对于写生，从这时候开始发生兴味。我到此时，恍然大悟：那些粉本原是别人看了实物而写生出来的。我们也应该直接从实物写生入手，何必临摹他人，依样画葫芦呢？于是我的画进步起来。有一晚，我为级长的公事，到李先生房间里去报告。报告毕，我将退出，李先生喊我转来，又用很轻而严肃的声音和气地对我说："你的图画进步快。我在南京和杭州两处教课，没有见过像你这样进步快速的人。你以后可以……"当晚这几句话，便确定了我的一生。可惜我不记得年月日时，又不相信算命。如果记得，而又迷信算命先生的话，算起命来，这一晚一定是我一生中一个重要关口。因为从这晚起，我打定主意，专门学画，把一生奉献给艺术，直到现在没有变志。从这晚以后，我对师范学校的功课忽然懈怠，常常逃课学画。以前学期考试联列第一，此后一落千丈，有时竟考末名。幸有前两年的好成绩，平均起来，毕业成绩犹得第二十名。这些关于我的话现在不应详述。且说李先生自此以后，[1] 与我接近的机会更多。因为我常去请他教画，又教日本文。因此以后的李先生的生活，我所知道的更为详细。他本来常读性理的书，后来忽然信了道教，案头常常放着道教的经书。那时我还是一个毛头青年，谈不到宗教。李先生除绘事外，并不对我谈道。但我发见他的生活日渐收敛起来，像一个人就要动身赴远方时的模样。他常把自己不用的东西送给我。后来又介绍我从夏丏尊先生学日本文，因他没有工夫教我。他的朋友日本画家大野隆德、河合新藏、三宅克己等到西湖来写生时，他带了我去请他们吃一次饭，以后就把这些日本人交给我，叫我引导他们（我当时已能讲普通应酬的日本话）。

[1] 从"有一晚，……"至此的十几行，在编入 1957 年版《缘缘堂随笔》时被作者删改。

他自己就关起房门来研究道学。有一天，他决定入大慈山去断食，我有课事，不能陪去，由校工闻玉陪去。数日之后，我去望他。见他躺在床上，面容消瘦，但精神很好，对我讲话，同平时差不多。他断食共十七日，由闻玉扶起来，摄一个影，影片上端由闻玉题字："李息翁先生断食后之像，侍子闻玉题。"这照片后来制成明信片分送朋友。像的下面用铅字排印着："某年月日，入大慈山断食十七日，身心灵化，欢乐康强——欣欣道人记。"李先生这时候已由"教师"一变而为"道人"了。学道就断食十七日，也是他凡事认真的表示。

但他学道的时候很短。断食以后，不久他就学佛。他自己对我说：他的学佛是受马一浮先生指示的。出家前数日，他同我到西湖玉泉去看一位程中和先生。这程先生原来是当军人的，现在退伍，住在玉泉，正想出家为僧。李先生同他谈得很久。此后不久，我陪大野隆德到玉泉去投宿，看见一个和尚坐着，正是这位程先生。我想称他"程先生"，觉得不合。想称他法师，又不知道他的法名（后来知道是弘伞）。一时周章得很。我回去对李先生讲了，李先生告诉我，他不久也要出家为僧，就做弘伞的师弟。我愕然不知所对。过了几天，他果然辞职，要去出家。出家的前晚，他叫我和同学叶天瑞、李增庸三人到他的房间里，把房间里所有的东西送给我们三人。第二天，我们三人送他到虎跑。我们回来分得了他的"遗产"，再去望他时，他已光着头皮，穿着僧衣，俨然一位清癯的法师了。我从此改口，称他为"法师"。法师的僧腊（就是做和尚的年代）二十四年。这二十四年中，我颠沛流离，他一贯到底，而且修行功夫愈进愈深。当初修净土宗，后来又修律宗。律宗是讲究戒律的。一举一动，都有规律，做人认真得很。这是佛门中最难修的一宗。数百年来，传统断绝，直到弘一法师方才复兴，所以佛门中称他为"重兴南山律宗第十一代祖师"。修律宗如何认真呢？一举一动，都要当心，勿犯戒律（戒律很详细，弘一法师手写一部，昔年由中华书局印行的，名曰《四分律比丘戒相表记》）。[1] 举一例说：有一次我寄一卷宣纸去，请弘一法师写佛号。宣纸很多，佛号所需很少。他就要来信问我，余多的宣纸如何处置。我原是多备一点，由他随意处置的，但没有说明，这些纸的所有权就模糊，他非问明不可。我连忙写回

[1] 从"修律宗如何认真呢"至此的数行，在编入1957年版的《缘缘堂随笔》时有删改，现据旧版恢复。

信去说，多余的纸，赠予法师，请随意处置。以后寄纸，我就预先说明这一点了。又有一次，我寄回件邮票去，多了几分。他把多的几分寄还我。以后我寄邮票，就预先声明：多余的邮票送与法师。诸如此类，俗人马虎的地方，修律宗的人都要认真。[1] 有一次他到我家。我请他藤椅子里坐。他把藤椅子轻轻摇动，然后慢慢地坐下去。起先我不敢问。后来看他每次都如此，我就启问。法师回答我说："这椅子里头，两根藤之间，也许有小虫伏着。突然坐下去，要把它们压死，所以先摇动一下，慢慢地坐下去，好让它们走避。"读者听到这话，也许要笑。但这正是做人认真至极的表示。模仿这种认真的精神去做社会事业，何事不成，何功不就？我们对于宗教上的事情，不可拘泥其"事"，应该观察其"理"。[2]

如上所述，弘一法师由翩翩公子一变而为留学生，又变而为教师，三变而为道人，四变而为和尚。每做一种人，都十分像样。好比全能的优伶：起老生像个老生，起小生像个

---

[1] 从"诸如此类"至此的数句，在1957年版《缘缘堂随笔》中删去。

[2] 从"模仿这种认真的精神……"至此的几句，在1957年版《缘缘堂随笔》中被作者删去。

小生，起大面又很像个大面……都是"认真"的原故。以上已经说明了李先生人格上的第一特点。[1]

李先生人格上的第二特点是"多才多艺"。西洋文艺批评家批评德国的歌剧大家华葛纳尔〔瓦格纳〕（Wagner）有这样的话："阿普洛〔阿波罗〕（Appolo，文艺之神）右手持文才，左手持乐才，分赠给世间的文学家和音乐家。华葛纳尔却兼得了他两手的赠物。"意思是说，华葛纳尔能作曲，又能作歌，所以做了歌剧大家。拿这句话批评我们的李先生，实在还不够用。李先生不但能作曲，能作歌，又能作画，作文，吟诗，填词，写字，治金石，演剧。他对于艺术，差不多全般皆能。而且每种都很出色。专门一种的艺术家大都不及他，要向他学习。作曲和作歌，读者可在开明书店出版的《中文名歌五十曲》中窥见。这集子中载着李先生的作品不少。每曲都脍炙人口。他的油画，大部分寄存在北平〔北京〕美专，现在大概还在北平。写实风而兼印象派笔调，每幅都很稳健，精到，为我国洋画界难得的佳作。他的诗词文章，载在从前出版的《南社文集》中，典雅秀丽，不

[1] 从这最后一句至全文结束的几段，在编入 1957 年版《缘缘堂随笔》时被作者删去，改为数行结束语。

亚于苏曼殊。他的字，功夫尤深，早年学黄山谷，中年专研北碑，得力于《张猛龙碑》尤多。晚年写佛经，脱胎化骨，自成一家，轻描淡写，毫无烟火气。他的金石，同字一样秀美。出家前，他的友人把他所刻的印章集合起来，藏在西湖上西泠印社的石壁的洞里。洞口用水泥封好，题着"息翁印藏"四字（现在也许已被日本人偷去）。他的演剧，前已说过，是中国话剧的鼻祖。总之，在艺术上，他是无所不精的一个作家。艺术之外，他又曾研究理学（阳明、程、朱之学，他都做过功夫。后来由此转入道教，又转入佛教的）。研究外国文，……李先生多才多艺，一通百通。所以他虽然只教我音乐图画，他所擅长的却不止这两种。换言之，他的教授图画音乐，有许多其他修养作背景，所以我们不得不崇敬他。借夏先生的话来讲：他做教师，有人格作背景，好比佛菩萨的有"后光"。所以他从不威胁学生，而学生见他自生畏敬。从不严责学生（反之，他自己常常请假），而学生自会用功。他是实行人格感化的一位大教育家。我敢说：自有学校以来，自有教师以来，未有盛于李先生者也。

青年的读者，看到这里，也许要发生这样的疑念：李先生为什么不做教育家，不做艺术家，而做和尚呢？

　　是的，我曾听到许多人发这样的疑问。他们的意思，大概以为做和尚是迷信的，消极的，暴弃的，可惜得很！倘不做和尚，他可在这僧腊二十四年中教育不少的人才，创作不少的作品，这才有功于世呢。

　　这话，近看是对的，远看却不对。用低浅的眼光，从世俗习惯上看，办教育，制作品，实实在在的事业，当然比做和尚有功于世。远看，用高远的眼光，从人生根本上看，宗教的崇高伟大，远在教育之上。——但在这里须加重要声明：一般所谓佛教，千百年来早已歪曲化而失却真正佛教的本意。一般佛寺里的和尚，其实是另一种奇怪的人，与真正佛教毫无关系。因此世人对佛教的误解，越弄越深。和尚大都以念经念佛做道场为营业。居士大都想拿佞佛来换得世间名利恭敬，甚或来生福报。还有一班恋爱失败，经济破产，作恶犯罪的人，走投无路，遁入空门，以佛门为避难所。于是乎，未曾认明佛教真相的人，就排斥佛教，指为消极，迷信，而非打倒不可。歪曲的佛教应该打倒；但真正的佛教，崇高伟大，胜于一切。——读者只要穷究自身的意义，便可相信这话。譬如：为什么入学校？为了欲得教养。为什么欲得教养？为了要做事业。为什么要做事业？为了满足你的人

生欲望。再问下去，为什么要满足你的人生欲望？你想了一想，一时找不到根据，而难于答复。你再想一想，就会感到疑惑与虚空。你三想的时候，也许会感到苦闷与悲哀。这时候你就要请教"哲学"，和他的老兄"宗教"。这时候你才相信真正的佛教高于一切。

所以李先生的放弃教育与艺术而修佛法，好比出于幽谷，迁于乔木，不是可惜的，正是可庆的。

弘一法师逝世〔1943年10月13日〕后

第一百六十七日作于四川五通桥旅舍

悼丏师 [1]

我从重庆郊外迁居城中，候船返沪。刚才迁到，接得夏丏尊老师逝世的消息。记得三年前，我从遵义迁重庆，临行时接得弘一法师往生的电报。我所敬爱的两位教师的最后消息，都在我行旅倥偬的时候传到。这偶然的事，在我觉得很是蹊跷。因为这两位老师同样的可敬可爱，昔年曾经给我同样宝贵的教诲；如今噩耗传来，也好比给我同样的最后训示。这使我感到分外的哀悼与警惕。

我早已确信夏先生是要死的，同确信任何人都要死的一样。但料不到如此其速。八年违教，快要再见，而终于不得再见！真是天实为之，谓之何哉！

....

[1] 本篇原载 1946 年 5 月 16 日《川中晨报》"今日文艺"副刊第 11 期。编入 1957 年版《缘缘堂随笔》时，改名《悼夏丏尊先生》。

犹忆二十六〔1937〕年秋，卢沟桥事变之际，我从南京回杭州，中途在上海下车，到梧州路去看夏先生。先生满面忧愁，说一句话，叹一口气。我因为要乘当天的夜车返杭，匆匆告别。我说："夏先生再见。"夏先生好像骂我一般愤然地答道："不晓得能不能再见！"同时又用凝注的眼光，站立在门口目送我。我回头对他发笑。因为夏先生老是善愁，而我总是笑他多忧。岂知这一次正是我们的最后一面，果然这一别"不能再见"了！

后来我扶老携幼，仓皇出奔，辗转长沙、桂林、宜山、遵义、重庆各地。夏先生始终住在上海。初年还常通信。自从夏先生被敌人捉去监禁了一回之后，我就不敢写信给他，免得使他受累。胜利一到，我写了一封长信给他。见他回信的笔迹依旧遒劲挺秀，我很高兴。字是精神的象征，足证夏先生精神依旧。当时以为马上可以再见了，岂知交通与生活日益困难，使我不能早归；终于在胜利后八个半月的今日，在这山城客寓中接到他的噩耗，也可说是"抱恨终天"的事！

夏先生之死，使"文坛少了一位老将""青年失了一位导师"，这些话一定有许多人说，用不着我再讲。我现在只就我们的师弟情缘上表示哀悼之情。

夏先生与李叔同先生（弘一法师），具有同样的才调，同样的胸怀。不过表面上一位做和尚，一位是居士而已。

犹忆三十余年前，我当学生的时候，李先生教我们图画、音乐，夏先生教我们国文。我觉得这三种学科同样的严肃而有兴趣。就为了他们二人同样的深解文艺的真谛，故能引人入胜。夏先生常说："李先生教图画、音乐，学生对图画、音乐，看得比国文、数学等更重。这是有人格作背景的原故。因为他教图画、音乐，而他所懂得的不仅是图画、音乐；他的诗文比国文先生的更好，他的书法比习字先生的更好，他的英文比英文先生的更好……这好比一尊佛像，有后光，故能令人敬仰。"这话也可说是"夫子自道"。夏先生初任舍监，后来教国文。但他也是博学多能，只除不弄音乐以外，其他诗文、绘画（鉴赏）、金石、书法、理学、佛典，以至外国文、科学等，他都懂得。因此能和李先生交游，因此能得学生的心悦诚服。

他当舍监的时候，学生们私下给他起个诨名，叫夏木瓜。但这并非恶意，却是好心。因为他对学生如对子女，率直开导，不用敷衍、欺蒙、压迫等手段。学生们最初觉得忠

言逆耳，看见他的头大而圆，就给他起这个诨名。但后来大家都知道夏先生是真爱我们，这绰号就变成了爱称而沿用下去。凡学生有所请愿，大家都说："同夏木瓜讲，这才成功。"他听到请愿，也许喑呜叱咤地骂你一顿；但如果你的请愿合乎情理，他就当作自己的请愿，而替你设法了。

他教国文的时候，正是"五四"将近。我们作惯了"太王留别父老书"、"黄花主人致无肠公子书"之类的文题之后，他突然叫我们作一篇"自述"。而且说："不准讲空话，要老实写。"有一位同学，写他父亲客死他乡，他"星夜匍伏奔丧"。夏先生苦笑着问他："你那天晚上真个是在地上爬去的？"引得大家发笑，那位同学脸孔绯红。又有一位同学发牢骚，赞隐遁，说要"乐琴书以消忧，抚孤松而盘桓"。夏先生厉声问他："你为什么来考师范学校？"弄得那人无言可对。这样的教法，最初被顽固守旧的青年所反对。他们以为文章不用古典，不发牢骚，就不高雅。竟有人说："他自己不会作古文（其实作得很好），所以不许学生作。"但这样的人，毕竟是少数。多数学生，对夏先生这种从来未有的、大胆的革命主张，觉得惊奇与折服，好似长梦猛醒，恍悟今是昨非。这正是五四运动的初步。

　　李先生做教师，以身作则，不多讲话，使学生衷心感动，自然诚服。譬如上课，他一定先到教室，黑板上应写的，都先写好（用另一黑板遮住，用到的时候推开来）。然后端坐在讲台上等学生到齐。譬如学生还琴时弹错了，他举目对你一看，但说："下次再还。"有时他没有说，学生吃了他一眼，自己请求下次再还了。他话很少，说时总是和颜悦色的。但学生非常怕他，敬爱他。夏先生则不然，毫无矜持，有话直说。学生便嬉皮笑脸，同他亲近。偶然走过校庭，看见年纪小的学生弄狗，他也要管："为啥同狗为难！"放假日子，学生出门，夏先生看见了便喊："早些回来，勿可吃酒啊！"学生笑着连说："不吃，不吃！"赶快走路。走得远了，夏先生还要大喊："铜钿少用些！"学生一方面笑他，一方面实在感激他，敬爱他。

　　夏先生与李先生对学生的态度，完全不同。而学生对他们的敬爱，则完全相同。这两位导师，如同父母一样。李先生的是"爸爸的教育"，夏先生的是"妈妈的教育"。夏先生后来翻译的《爱的教育》，风行国内，深入人心，甚至被取作国文教材。这不是偶然的事。

　　我师范毕业后，就赴日本。从日本回来就同夏先生共

事，当教师，当编辑。我遭母丧后辞职闲居，直至逃难。但其间与书店关系仍多，常到上海与夏先生相晤。故自我离开夏先生的绛帐，直到抗战前数日的诀别，二十年间，常与夏先生接近，不断地受他的教诲。其时李先生已经做了和尚，芒鞋破钵，云游四方，和夏先生仿佛是两个世界的人。但在我觉得仍是以前的两位导师，不过所导的对象由学校扩大为人世罢了。

李先生不是"走投无路，遁入空门"的，是为了人生根本问题而做和尚的。他是真正的做和尚，他是痛感于众生疾苦愚迷，要彻底解决人生根本问题，而"行大丈夫事"的。世间一切事业，没有比做真正的和尚更伟大的了；世间一切人物，没有比真正的和尚更具大丈夫相的了。夏先生虽然没有做和尚，但也是完全理解李先生的胸怀的；他是赞善李先生的行大丈夫事的。只因种种尘缘的牵阻，使夏先生没有勇气行大丈夫事。夏先生一生的忧愁苦闷，由此发生。

凡熟识夏先生的人，没有一个不晓得夏先生是个多忧善愁的人。他看见世间的一切不快、不安、不真、不善、不美的状态，都要皱眉，叹气。他不但忧自家，又忧友，忧校，忧店，忧国，忧世。朋友中有人生病了，夏先生就皱着眉头替他担忧；有人失业了，夏先生又皱着眉头替他着急；有人吵架了，有人吃醉了，甚至朋友的太太要生产了，小孩子跌跤了……夏先生都要皱着眉头替他们忧愁。学校的问题，公司的问题，别人都当作例行公事处理的，夏先生却当作自家的问题，真心地担忧。国家的事，世界的事，别人当作历史小说看的，在夏先生都是切身问题，真心地忧愁，皱眉，叹气。故我和他共事的时候，对夏先生凡事都要讲得乐观些，有时竟瞒过他，免得使他增忧。他和李先生一样的痛感众生的疾苦愚迷。但他不能和李先生一样地彻底解决人生根本问题而行大丈夫事；他只能忧伤终老。在"人世"这个大学校里，这二位导师所施的仍是"爸爸的教育"与"妈妈的教育"。

朋友的太太生产，小孩子跌跤等事，都要夏先生担忧。那么，八年来水深火热的上海生活，不知为夏先生增添了几十万斛的忧愁！忧能伤人，夏先生之死，是供给忧愁材料的社会所致使，日本侵略者所促成的！

以往我每逢写一篇文章，写完之后，总要想："不知这篇东西夏先生看了怎么说。"因为我的写文，是在夏先生的指导鼓励之下学起来的。今天写完了这篇文章，我又本能地

想："不知这篇东西夏先生看了怎么说。"两行热泪，一齐沉重地落在这原稿纸上。

卅五〔1946〕年五月一日于重庆客寓

我与弘一法师 [1]

——卅七年十一月廿八日在厦门佛学会讲

弘一法师是我学艺术的教师，又是我信宗教的导师。我的一生，受法师影响很大。厦门是法师近年经行之地，据我到此三天内所见，厦门人士受法师的影响也很大；故我与厦门人士不啻都是同窗弟兄。今天佛学会要我演讲，我惭愧修养浅薄，不能讲弘法利生的大义，只能把我从弘一法师学习艺术宗教时的旧事，向诸位同窗弟兄谈谈，还请赐我指教。

我十七岁入杭州浙江第一师范，廿岁 [2] 毕业以后没有升学。我受中等学校以上学校教育，只此五年。这五年间，弘一法师，那时称为李叔同先生，便是我的图画音乐教师。图

[1]　本篇原载 1948 年 12 月 12 日《京沪周刊》第 2 卷第 49 期。

[2]　作者二十二岁毕业于浙江省立第一师范学校。

画音乐两科，在现在的学校里是不很看重的；但是奇怪得很，在当时我们的那间浙江第一师范里，看得比英、国、算还重。我们有两个图画专用的教室，许多石膏模型，两架钢琴，五十几架风琴。我们每天要花一小时去练习图画，花一小时以上去练习弹琴。大家认为当然，恬不为怪，这是什么原故呢？因为李先生的人格和学问，统制了我们的感情，折服了我们的心。他从来不骂人，从来不责备人，态度谦恭，同出家后完全一样；然而个个学生真心的怕他，真心的学习他，真心的崇拜他。我便是其中之一人。因为就人格讲，他的当教师不为名利，为当教师而当教师，用全副精力去当教师。就学问讲，他博学多能，其国文比国文先生更高，其英文比英文先生更高，其历史比历史先生更高，其常识比博物先生更富，又是书法金石的专家，中国话剧的鼻祖。他不是只能教图画音乐，他是拿许多别的学问为背景而教他的图画音乐。夏丏尊先生曾经说："李先生的教师，是有后光的。"像佛菩萨那样有后光，怎不教人崇拜呢？而我的崇拜他，更甚于他人。大约是我的气质与李先生有一点相似，凡他所欢喜的，我都欢喜。我在师范学校，一、二年级都考第一名；三年级以后忽然降到第二十名，因为我旷废了许多师范生的功课，而专心于李先生所喜的文学艺术，一直到毕业。毕业后我无力升大学，借了些钱到日本去游玩，没有进学校，看了许多画展，听了许多音乐会，买了许多文艺书，一年后回国，一方面当教师，一方面埋头自习，一直自习到现在，对李先生的艺术还是迷恋不舍。李先生早已由艺术而升华到宗教而成正果，而我还彷徨在艺术宗教的十字街头，自己想想，真是一个不肖的学生。

他怎么由艺术升华到宗教呢？当时人都诧异，以为李先生受了什么刺激，忽然"遁入空门"了。我却能理解他的心，我认为他的出家是当然的。我以为人的生活，可以分作三层：一是物质生活，二是精神生活，三是灵魂生活。物质生活就是衣食。精神生活就是学术文艺。灵魂生活就是宗教。"人生"就是这样的一个三层楼。懒得（或无力）走楼梯的，就住在第一层，即把物质生活弄得很好，锦衣玉食，尊荣富贵，孝子慈孙，这样就满足了。这也是一种人生观。抱这样的人生观的人，在世间占大多数。其次，高兴（或有力）走楼梯的，就爬上二层楼去玩玩，或者久居在里头。这就是专心学术文艺的人。他们把全力贡献于学问的研究，把全心寄托于文艺的创作和欣赏。这样

的人，在世间也很多，即所谓"知识分子""学者""艺术家"。还有一种人，"人生欲"很强，脚力很大，对二层楼还不满足，就再走楼梯，爬上三层楼去。这就是宗教徒了。他们做人很认真，满足了"物质欲"还不够，满足了"精神欲"还不够，必须探求人生的究竟。他们以为财产子孙都是身外之物，学术文艺都是暂时的美景，连自己的身体都是虚幻的存在。他们不肯做本能的奴隶，必须追究灵魂的来源，宇宙的根本，这才能满足他们的"人生欲"。这就是宗教徒。世间就不过这三种人。我虽用三层楼为比喻，但并非必须从第一层到第二层，然后得到第三层。有很多人，从第一层直上第三层，并不需要在第二层勾留。还有许多人连第一层也不住，一口气跑上三层楼。不过我们的弘一法师，是一层一层的走上去的。弘一法师的"人生欲"非常之强！他的做人，一定要做得彻底。他早年对母尽孝，对妻子尽爱，安住在第一层楼中。中年专心研究艺术，发挥多方面的天才，便是迁居在二层楼了。强大的"人生欲"不能使他满足于二层楼，于是爬上三层楼去，做和尚，修净土，研戒律，这是当然的事，毫不足怪的。做人好比喝酒：酒量小的，喝一杯花雕酒已经醉了，酒量大的，喝花雕嫌淡，必须喝高粱酒才能过瘾。文艺好比是花雕，宗教好比是高粱。弘一法师酒量很大，喝花雕不能过瘾，必须喝高粱。我酒量很小，只能喝花雕，难得喝一口高粱而已。但喝花雕的人，颇能理解喝高粱者的心。故我对于弘一法师的由艺术升华到宗教，一向认为当然，毫不足怪的。

艺术的最高点与宗教相接近。二层楼的扶梯的最后顶点就是三层楼，所以弘一法师由艺术升华到宗教，是必然的事。弘一法师在闽中，留下不少的墨宝。这些墨宝，在内容上是宗教的，在形式上是艺术的——书法。闽中人士久受弘一法师的熏陶，大都富有宗教信仰及艺术修养。我这初次入闽的人，看见这情形，非常歆羡，十分钦佩！

前天参拜南普陀寺，承广洽法师的指示，瞻观弘一法师的故居及其手种杨柳，又看到他所创办的佛教养正院。广义法师要我为养正院书联，我就集唐人诗句："须知诸相皆非相，能使无情尽有情"，写了一副。这对联挂在弘一法师所创办的佛教养正院里，我觉得很适当。因为上联说佛经，下联说艺术，很可表明弘一法师由艺术升华到宗教的意义。艺术家看见花笑，听见鸟语，举杯邀明月，开门迎白云，能把

自然当作人看，能化无情为有情，这便是"物我一体"的境界。更进一步，便是"万法从心""诸相非相"的佛教真谛了。故艺术的最高点与宗教相通。最高的艺术家有言："无声之诗无一字，无形之画无一笔。"可知吟诗描画，平平仄仄，红红绿绿，原不过是雕虫小技，艺术的皮毛而已。艺术的精神，正是宗教的。古人云："文章一小技，于道未为尊。"又曰："太上立德，其次立言。"弘一法师教人，亦常引用儒家语："士先器识而后文艺。"所谓"文章"，"言"，"文艺"，便是艺术；所谓"道"，"德"，"器识"，正是宗教的修养。宗教与艺术的高下重轻，在此已经明示；三层楼当然在二层楼之上的。

我脚力小，不能追随弘一法师上三层楼，现在还停留在二层楼上，斤斤于一字一笔的小技，自己觉得很惭愧。但亦常常勉力爬上扶梯，向三层楼上望望。故我希望：学宗教的人，不须多花精神去学艺术的技巧，因为宗教已经包括艺术了。而学艺术的人，必须进而体会宗教的精神，其艺术方有进步。久驻闽中的高僧，我所知道的还有一位太虚法师。他是我的小同乡，从小出家的。他并没有弄艺术，是一口气跑上三层楼的。但他与弘一法师，同样地是旷世的高僧，同样地为世人所景仰。可知在世间，宗教高于一切。在人的修身上，器识重于一切。太虚法师与弘一法师，异途同归，各成正果。文艺小技的能不能，在大人格上是毫不足道的。我愿与闽中人士以二法师为模范而共同勉励。

中国话剧首创者李叔同先生 [1]

　　话剧家徐半梅先生告诉我，说明年是中国话剧创行五十周年纪念。他要我物色中国话剧首创者李叔同先生的戏装照片。我答允他一定办到。我虽然不会话剧，却知道李叔同先生。所以想在五十周年纪念的前夕说几句话，作为预祝。

　　李叔同先生，是我在杭州浙江两级师范的美术音乐教师。我毕业的一年，亲送他进西湖虎跑寺出家为僧，此后他就变成了弘一法师。弘一法师卅九岁上出家为僧，专修净土宗和律宗二十余年，六十三岁（一九四二）上在福建泉州逝世。他出家以前是一位艺术家，今略叙其生平如下：

　　李先生于光绪九年（一八八二）阴历九月二十日生于天

[1]　本篇原载 1956 年 11 月 3 日上海《文汇报》。

津。父亲是从事银钱业的，六十八岁上才生他。母亲是侧室，生他的时候还只二十多岁。不久父亲逝世。他青年时候奉母迁居上海，曾入南洋公学，从蔡元培先生受业，与邵力子、谢无量先生等同学。同时参加沪学会、南社。所发表的文章惊动上海文坛。他后来所作的《金缕曲》中所谓"二十文章惊海内，毕竟空谈何有"，便是当时的自述。不久母亲逝世，他就东游日本，入东京美术学校研习油画，又从师研习钢琴音乐，同时又在东京创办"春柳剧社"；共事者有曾存吴、欧阳予倩、谢抗白、李涛痕等。所演出的话剧有《黑奴吁天录》《茶花女遗事》《新蝶梦》《血蓑衣》《生相怜》等。李叔同先生自己扮演旦角：《黑奴吁天录》中的爱美柳夫人及《茶花女遗事》中的茶花女。

这时候中国还没有话剧。李先生在东京创办春柳剧社，是中国人演话剧的开始。据我所知，他在东京时为了创办话剧社，曾经花了不少钱。他父亲给他的遗产不下十万元，大半是花在美术音乐研究和话剧创办上的。后来李先生回国，春柳剧社也迁回中国。但他回国后不再粉墨登场，先在故乡天津担任工业专门学校教师，后来又回到上海，担任《太平洋报》文艺编辑，转任南京高等师范和杭州浙江两级师范美

术音乐教师。春柳社在中国演出时，上海市通志馆期刊第二年第三期上曾经登载一篇《春柳剧场开幕宣言》，宣言中说："民国三年四月十五日，春柳剧社假南京路外滩谋得利开幕。……溯自乙巳、丙午间，曾存吴、李叔同、谢抗白、李涛痕等，留学扶桑，慨祖国文艺之堕落，亟思有以振之，顾数人之精力有限，而文艺之类别綦繁。兼营并失，不如一志而冀有功。于是春柳社出现于日本之东京。是为我国人研究新戏之始，前此未尝有也。未几，徐淮告灾，消息传至海外，同人演巴黎茶花女遗事，集资赈之。日人惊为创举，啧啧称道，新闻纸亦多谀词。是年夏，休业多暇，相与讨论进行之法，推李叔同、曾存吴主社事，得欧阳予倩等为社员。次年春，春阳社发现于上海，同人庆祖国响应有人，益不敢自菲薄，谋所以扩大之。……"这便是五十年前的中国话剧界情况。

李先生虽然回国后不再演剧，但他对剧艺富有研究，为欧阳予倩先生所称道。他说："老实说，那时候对于艺术有见解的，只有息霜（李叔同先生的别号——作者原）。他于中国词章很有根底，会画，会弹钢琴，字也写得好。……他往往在画里找材料，很注重动作的姿势。他有好些头套和衣服，一个人在房里打扮起来照镜子，自己当模特儿供自己研究，得了结果，就根据着这结果，设法到台上去演……"（见林子青编《弘一大师年谱》第二十七页。）因此他上台表演也非常出色，为日本人所赞誉。当时日本的《芝居杂志》即戏剧杂志）中曾经登载日本人松居松翁[1]所写的一篇文章，其中说："中国的俳优，使我佩服的，便是李叔同君。当他在日本时，虽然仅是一位留学生，但他所组织的'春柳社'剧团，在乐座上演《椿姬》即《茶花女》——作者原）一剧，实在非常好。不，与其说这个剧团好，宁可说就是这位饰椿姬的李君演得非常好。……李君的优美婉丽，决非日本的俳优所能比拟。"（见《弘一大师年谱》第三十页。）

这是我所知道的中国话剧首创者李叔同先生。话剧在中国已经创行了近五十年。在这期间，尤其是在解放后，由于许多话剧专家的研究改良，发扬光大，现在已经大大地进步，成为一种最有表现力、最容易感动人、最为全国人民所喜欢的艺术。然而饮水思源，我们不得不纪念它的首创者李叔同先生。五十年前，欧化东渐的时候，第一个出国去研习

[1] 松居松翁（1870—1933）是日本的剧作家。

油画、西洋音乐和话剧的，是李叔同先生。第一个把油画、西洋音乐和话剧介绍到中国来的，是李叔同先生。只因他自己的油画和作曲不多，而且大都散失，又因为他自己从事话剧的时期不长，而且三十九岁上就摒文艺，遁入空门，因此现今的话剧观者大都不知道李叔同先生，所以我觉得有介绍的必要。

李先生的骨灰供在杭州西湖虎跑寺，十年不得安葬。前年，一九五四年，我和叶圣陶、章雪村、钱君匋诸君各舍净财，替他埋葬在虎跑寺后面的山坡上，又在上面建造一个石塔[1]，由黄鸣祥君监工，宋云彬君指导，请马一浮老先生题字，借以纪念这位艺僧。并且请沪上画家画了一大幅弘一法师遗像，又请好几位画家合作两巨幅山水风景画，再由我写一副对联，挂在石塔下面的桂花厅上，借以装点湖山美景。（然而不知为什么，遗像早已被谁除去了。）为了造塔，黄鸣祥君向杭州当局奔走申请，费了不少的麻烦，好容易获得了建塔的许可。然而我们几个私人的努力，总是有限，不过略微保留一些遗念，仅乎使这位艺坛功人不致湮没无闻而已。

---

[1] 石塔于 1953 年秋筹建，1954 年 1 月 10 日举行落成典礼。

这是西湖的胜迹，杭州的光荣！我很希望杭州当局能加以相当的注意、保护、表扬，所以乘此话剧五十周年纪念前夕，写这篇文章纪念李叔同先生，并且庆祝话剧艺术万岁！

一九五六年十月十六日于上海

李叔同先生的爱国精神 [1]

　　三月七日的《文汇报》上载着黄炎培先生的一篇文章《我也来谈谈李叔同先生》。我读了之后，也想"也来淡谈"。今年正是弘一法师（即李叔同先生）逝世十五周年，我就写这篇小文来表示纪念吧。

　　黄炎培先生这篇文章里指出李叔同先生青年时代的爱国思想，并且附刊李叔同先生亲笔的自撰的《祖国歌》的图谱。我把这歌唱了一遍，似觉年光倒流，心情回复了少年时代。我是李先生任教杭州师范时的学生，但在没有进杭州师范的时候，早已在小学里唱过这《祖国歌》。我的少年时代，正是中国外患日逼的时期。如黄先生文中所说：一八九四

　　[1]　本篇原载 1957 年 3 月 29 日《人民日报》。

年甲午之战败于日本，一八九五年割地赔款与日本讲和，一八九七年德占胶州湾，一八九八年英占威海卫，一八九九年法占广州湾，一九〇〇年八国联军占北京，一九〇一年订约赔款讲和。——我的少年时代正在这些国耻之后。那时民间曾经有"抵制美货""抵制日货""劝用国货"等运动。我在小学里唱到这《祖国歌》的时候，正是"劝用国货"的时期。我唱到"上下数千年，一脉延，文明莫与肩；纵横数万里，膏腴地，独享天然利"的时候，和同学们肩了旗子排队到街上去宣传"劝用国货"时的情景，憬然在目。我们排队游行时唱着歌，李叔同先生的《祖国歌》正是其中之一。但当时我不知道这歌的作者是谁。

后来我小学毕业，考进了杭州师范，方才看见《祖国歌》的作者李叔同先生。爱国运动，劝用国货宣传，依旧盛行在杭州师范中。我们的教务长王更三先生是号召最力的人，常常对我们作慷慨激昂的训话，劝大家爱用国货，挽回利权。我们的音乐图画教师李叔同先生是彻底实行的人，他脱下了洋装，穿一身布衣：灰色云章布（就是和尚们穿的布）袍子，黑布马褂。然而因为他是美术家，衣服的形式很称身，色彩很调和，所以虽然布衣草裳，还是风度翩然。后

来我知道他连宽紧带也不用，因为当时宽紧带是外国货。他出家后有一次我送他些僧装用的粗布，因为看见他用麻绳束袜子，又买了些宽紧带送他。他受了粗布，把宽紧带退还我，说："这是外国货。"我说："这是国货，我们已经能够自造。"他这才受了。他出家后，又有一次从温州（或闽南）写信给我，要我替他买些英国制的朱砂（vermilion），信上特别说明：此虽洋货，但为宗教文化，不妨采用。因为当时英国水彩颜料在全世界为最佳，永不褪色。他只有为了写经文佛号，才不得不破例用外国货。关于劝用国货，王更三先生现身说法，到处宣讲；李叔同先生则默默无言，身体力行。当时我们杭州师范里的爱国空气很浓重，正为了有这两位先生的缘故。王更三先生现在健在上海，一定能够回味当时的情况。

李叔同先生三十九岁上——这正是欧洲大战发生，日本提出二十一条，袁世凯称帝，粤桂战争，湘鄂战争，奉直战争，国内乌烟瘴气的期间——辞去教职，遁入空门，就变成了弘一法师。弘一法师剃度前夕，送我一个亲笔的自撰的诗词手卷，其中有一首《金缕曲》，题目是《将之日本，留别祖国，并呈同学诸子》。全文如下：

披发佯狂走。莽中原暮鸦啼彻几株衰柳。破碎河山谁收拾，零落西风依旧。便惹得离人消瘦。行矣临流重太息，说相思刻骨双红豆。愁黯黯，浓于酒。漾情不断淞波溜。恨年年絮飘萍泊，遮难回首。二十文章惊海内，毕竟空谈何有！听匣底苍龙狂吼。长夜凄风眠不得，度群生那惜心肝剖！是祖国，忍孤负！

我还记得他展开这手卷来给我看的时候，特别指着这阕词，笑着对我说："我作这阕词的时候，正是你的年纪。"当时我年幼无知，漠然无动于衷。现在回想，这暗示着：被恶劣的环境所迫而遁入空门的李叔同先生的冷寂的心的底奥里，一点爱国热忱的星火始终没有熄灭！

在文艺方面说，李叔同先生是中国最早提倡话剧的人，最早研究油画的人，最早研究西洋音乐的人。去年我国纪念日本的雪舟法师的时候，我常常想起：在文艺上，我国的弘一法师和日本的雪舟法师非常相似。雪舟法师留学中国，把中国的宋元水墨画法输入日本；弘一法师留学日本，把现代的话剧、油画和钢琴音乐输入中国。弘一法师对中国文艺界

的贡献，实在不亚于雪舟法师对日本文艺界的贡献！ 雪舟法师在日本有许多纪念建设。我希望中国也有弘一法师的纪念建设。弘一法师的作品、纪念物，现在分散在他的许多朋友的私人家里，常常有人来信问我有没有纪念馆可以交送，杭州的堵申甫老先生便是其一。今年是弘一法师逝世十五周年纪念，又是他所首倡的话剧五十周年纪念。我希望在弘一法师住居最久而就地出家的杭州，有一个纪念馆，可以永久保存关于他的文献，可以永久纪念这位爱国艺僧。

一九五七年三月十二日于上海作

李叔同先生的教育精神 [1]

　　在四十几年前，我做中小学生的时候，图画、音乐两科在学校里最被忽视。那时学校里最看重的是所谓英、国、算，即英文、国文、算术，而最看轻的是图画、音乐。因为在不久以前的科举时代的私塾里，画图儿和唱曲子被先生知道了要打手心的。因此，图画、音乐两科，在课程表里被认为一种点缀，好比中药方里的甘草、红枣；而图画、音乐教师在教职员中也地位最低，好比从前京戏里的跑龙套的。因此学生上英、国、算时很用心，而上图画、音乐课时很随便，把它当作游戏。

　　然而说也奇怪，在我所进的杭州师范里（即现在贡院前

[1]　本篇原载 1957 年 5 月 14 日《杭州日报》。

227

的杭州第一中学的校址），有一时情形几乎相反：图画、音乐两科最被看重，校内有特殊设备（开天窗，有画架）的图画教室，和独立专用的音乐教室（在校园内），置备大小五六十架风琴和两架钢琴。课程表里的图画、音乐钟点虽然照当时规定，并不增多，然而课外图画、音乐学习的时间比任何功课都勤：下午四时以后，满校都是琴声，图画教室里不断的有人在那里练习石膏模型木炭画，光景宛如一艺术专科学校。

这是什么原故呢？就因为我们学校里的图画音乐教师是学生所最崇敬的李叔同先生。李叔同先生何以有这样的法力呢？是不是因为他多才多艺，能演话剧，能作油画，能弹贝多芬，能作六朝文，能吟诗，能填词，能写篆书魏碑，能刻金石呢？非也。他之所以能受学生的崇敬，而能使当时被看轻的图画音乐科被重视，完全是为了他的教育精神的关系：李叔同先生的教育精神是认真的，严肃的，献身的。

夏丏尊先生曾经指出李叔同先生做人的一个特点，他说："做一样，像一样。"李先生的确做一样像一样：少年时做公子，像个翩翩公子。中年时做名士，像个风流名士；做话剧，像个演员；学油画，像个美术家；学钢琴，像个音乐家；办报刊，像个编者；当教员，像个老师；做和尚，像个高僧。李先生何以能够做一样像一样呢？就是因为他做一切事都"认真地，严肃地，献身地"做的原故。

李先生一做教师，就把洋装脱下，换了一身布衣：灰色布长衫，黑布马褂，金边眼镜换了钢丝边眼镜。对学生态度常是和蔼可亲，从来不骂人。学生犯了过失，他当时不说，过后特地叫这学生到房间里，和颜悦色，低声下气地开导他。态度的谦虚与郑重，使学生非感动不可。记得有一个最顽皮的同学说："我情愿被夏木瓜骂一顿，李先生的开导真是吃不消，我真想哭出来。"原来夏丏尊先生也是学生所崇敬的教师，但他对学生的态度和李先生不同，心直口快，学生生活上大大小小的事情他都要管，同母亲一般爱护学生，学生也像母亲一般爱他，深知道他的骂是爱。因为他的头像木瓜，给他取个绰号叫做夏木瓜，其实不是绰号，是爱称。李先生和夏先生好像我们的父亲和母亲。

李先生上一小时课，预备的时间恐怕要半天，他因为要最经济地使用这五十分钟，所以凡本课中所必须在黑板上写出的东西，都预先写好。黑板是特制的双重黑板，用完一块，把它推开，再用第二块，上课铃没有响，李先生早已端

坐在讲坛上"恭候"学生，因此学生上图画、音乐课决不敢迟到。往往上课铃未响，先生学生都已到齐，铃声一响，李先生站起来一鞠躬，就开始上课。他上课时常常看表，精密的依照他所预定的教案进行，一分一秒钟也不浪费。足见他备课是很费心力和时间的。

　　吃早饭以前的半小时，吃午饭至上课之间的三刻钟，以及下午四时以后直至黄昏就睡——这些都是图画音乐的课外练习时间。这两课在性质上都需要个别教学，所以学生在课外按照排定的时间轮流地去受教，但是李先生是"观音斋罗汉"，有时竟一天忙到夜。我们学生吃中饭和夜饭，至多只费十五分钟，因为正午十二点一刻至一点，下午六点一刻至七点，都是课外练习时间。李先生的中饭和夜饭必须提早，因为他还须对病发药地预备个别教授。李先生拿全部的精力和时间来当教师，李先生的教育精神真正是献身的！这样，学生安得不崇敬他，图画、音乐安得不被重视？！

　　李先生的献身的教育精神，还不止上述，夏丏尊先生曾经有一段使人吃惊的记述，现在就引证来结束我的话："我担任舍监职务，兼修身课，时时感觉对学生感化力不足。他（指李先生——作者原）教的是图画、音乐两科。这两种科目，在他未到以前，是学生所忽视的。自他任教以后，就忽然被重视起来，几乎把全校学生的注意力都牵引过去了。课余但闻琴声歌声，假日常见学生出外写生，这原因一半当然是他对这二科实力充足，一半也由于他的感化力大。只要提起他的名字，全校师生以及工役没有人不起敬的。他的力量，全由诚敬中发出，我只好佩服他，不能学他。举一个实例来说，有一次宿舍里学生失了财物，大家猜测是某一个学生偷的，检查起来，却没有得到证据。我身为舍监，深觉惭愧苦闷，向他求教；他所指示我的方法，说也怕人，教我自杀！他说：'你肯自杀吗？你若出一张布告，说作贼者速来自首，如三日内无自首者，足见舍监诚信未孚，誓一死以殉教育，果能这样，一定可以感动人，一定会有人来自首。——这话须说得诚实，三日后如没有人自首，真非自杀不可。否则便无效力。'这话在一般人看来是过分之辞，他说来的时候，却是真心的流露；并无虚伪之意。我自惭不能照行，向他笑谢，他当然也不责备我。……"（见夏丏尊所写《弘一法师之出家》一文）

〔1957 年〕

雪舟和他的艺术 [1]

　　雪舟是日本的"画圣"。他的画风从十五世纪中开始，一直在日本画坛上占据主要的地位。欧洲人也崇仰他的艺术，他在世界艺坛上也是名人。而在今天，雪舟逝世四百五十周年的纪念展览会在上海开幕的时候，我们中国人感到特殊的荣幸，因为雪舟和中国有特别密切的关系。

　　雪舟生于十五世纪初。他十二三岁的时候就出家为僧。他一面弘扬佛法，一面勤修绘画。他是一个所谓"画僧"。日本十二世纪时就有一个画派，叫作"宋元水墨画派"，就是取法我国宋元诸大画家的画风的。这宋元水墨派的始祖叫做荣贺。然而在荣贺的时代，只是模仿日本商人、禅僧从中

[1]　本篇原载 1956 年 12 月 12 日《解放日报》。

国带回去的宋元画家作品，未能发挥水墨画的精神。到了雪舟手里，水墨画方才大大地进步，方才体得了马远、夏圭的真精神。这当然是雪舟的伟大天才的成果，但也是因为雪舟曾经亲自留学中国的原故。

公历一四六七年，即中国明宪宗成化三年，雪舟从日本来到中国。他先到北京，向当时的宣德画院的画家学习。后来离开北京，南游江浙。他曾经在宁波的天童寺做和尚，名为天童第一座。他搜求宋元杰作的真迹，努力研究。同时又遨游中国名山大川，研究宋元画家的杰作的模特儿。这时期他恍然悟得了画道的真理："师在于我，不在于他。"这就是说："与其师法别人的画，不如直接师法大自然。"荣贺等从纸面上模仿宋元画笔法，雪舟却从山川风景上学习宋元画的表现法。他的师法宋元，不是死的模仿，而是活的应用。雪舟作品的高超就在于此，雪舟的伟大就在于此。

雪舟以前，日本水墨画派中有一个画僧叫做宁一山，是中国元朝的和尚归化日本的。还有一个水墨派画家叫做李秀文，是中国明朝人归化日本的。雪舟曾经师法宁一山和李秀文；后来亲自来到中国，探得了源头活水，画道就青出于蓝。他在中国留学数年，回到日本，大展天才，宣扬真正的宋元

精神。于是日本水墨画大大地昌明。所以日本画史中说："水墨画始于荣贺，盛于雪舟。"雪舟之后，日本水墨画界著名的云谷派的领导者云谷等颜自称"雪舟三世"。长谷川派的领导者长谷川等伯自称"雪舟五代"。两人为了争取雪舟正统，曾经涉讼，结果长谷川败诉。于此可见雪舟在日本画坛上的权威。直到现在，雪舟的画风还在日本画坛上占据主要的地位。所以日本人尊雪舟为"画圣"，全世界崇雪舟为"文化名人"。

如上所述，这位画圣和文化名人的养成，与我们中国有密切的关系。这使我们中国人在今天的纪念展览会上感到特殊的光荣。同时雪舟这种治学精神，"师在于我，不在于他"，给我国美术家以宝贵的启示，值得我们学习。而且今天这个纪念展览会，还有一点更可贵的意义：我们举办这个展览会，正好与日本商品展览会同时。这可使中国艺术和日本艺术的关系越发密切起来，这可使爱好和平与美的中国人民和日本人民更加亲密起来。这是促进中日友好的一股很大的力量。这一点意义最可宝贵。

我衷心地、热诚地祝贺中日友好万岁！

〔1956 年〕

天童寺忆雪舟

　　春到江南，百花齐放。我动了游兴，就在三月中风和日暖的一天，乘轮船到宁波去作旅行写生了。

　　宁波是我旧游之地，然而一别已有二十多年，走入市区，但觉面目一新，完全不可复识了。从前的木造老江桥现在已变成钢架大桥，从前的小屋现已变成层楼，从前的石子路现已变成柏油马路……街上车水马龙，商店百货山积。二十多年不见，这老朋友已经返老还童了！

　　我是来作旅行写生的，希望看看风景，首先想起有名的天童寺。这千年古刹除风景优胜之外，对我还有一点吸引力；这是日本有名的画僧雪舟等杨驻锡之处，因此天童二字带着美术的香气。我看过宁波市区后，次日即驱车赴天童寺。

235

天童寺离市区约五十里，小汽车一小时即到。将近寺院，一路上长松夹道，荫蔽天日；松风之声，有如海潮。走进山门，但见殿宇巍峨，金碧辉煌，庄严七宝，香气氤氲。寺屋大小不下数百间，都布置得清楚齐整，了无纤尘。寺址在山坡上，层层而上，从最高的罗汉堂中可以望见寺院全景。我凭栏俯瞰，想象五百年前曾有一位日本高僧兼大画家住在这里，不知哪一个房间是他的起居坐卧作画之处。古人云："登高望远，令人心悲。"我现在是登高怀古，不胜憧憬！

在寺吃素斋后，与同游诸人及僧众闲谈，始知此寺已有千余年历史，其间两次遭大火，一次遭山洪，因此文物损失殆尽，现在已经没有雪舟的纪念物了。但同游诸人都知道雪舟之名，因为一九五六年雪舟逝世四百五十年纪念，上海曾经开过雪舟遗作展览会，我曾经作文在报上介绍。我们就闲谈雪舟的往事。僧众听了，都很高兴，庆幸他们远古时具有这一段美术胜缘。我所知道的雪舟是这样：

雪舟姓小田，名等杨，是十五世纪日本有名画僧，是日本"宋元水墨画派"的代表作家。日本人所宗奉的中国水墨画家，是宋朝的马远与夏圭。雪舟要探访这画派的发源地，曾随日本的遣唐使来华，其时正是明朝宪宗年间。明朝宫廷办有画院，画家都封官职。明代名画家戴文进、倪端、李在、王谔等，都是画院里的人。李在是马远、夏圭的嫡派，雪舟一到北京，就拜李在为师，专心学习水墨画。他一方面临摹古画，一方面自己创作。经过若干时之后，他忽然悟到：作画不能专看古人及别人之作，必须师法大自然，从现实中汲取画材。于是离开北京，遍游中国名山大川。后来到了浙江宁波，看见这天童寺地势佳胜，风景优美，就在这寺里当了和尚。僧众尊崇他，称他为"天童第一座"。他在天童寺一面礼佛，一面研究绘画，若干时之后，画道大进。明宪宗闻知了，就召他进宫，请他为礼部院作壁画。这壁画画得极好，见者无不赞叹。于是求雪舟作画的人越来越多，使得他应接不暇。他在中国住了约四年，然后回国，他在这四年间与中国人结了不少翰墨因缘。

我又想起了雪舟的两种逸话，乘兴也讲给大家听。

有一个中国人求雪舟一幅画，要求他画日本风景。雪舟就画日本田之浦地方的清见寺的风景，其中有个宝塔，亭亭独立，非常美观。后来雪舟返国，来到田之浦，一看，清见寺旁边并没有宝塔。大约是原来有塔，后来坍倒了。雪舟想

起了在中国应嘱所写的那幅画，觉得不符现实，很不称心。他就自己拿出钱来，在清见寺旁边新造一个宝塔，使实景和他的画相符合。于此可见他作画非常注重反映现实。

雪舟十二三岁就做和尚。但他不喜诵经念佛，专爱描画。他的师父命令他诵经，他等师父去了，便把经书丢开，偷偷地拿出画具来描画。有一次他正在描画，师父忽然来了。师父大怒，拉住他的耳朵，到大殿里，用绳子把他绑在柱子上，不许他行动和吃饭。雪舟很苦痛，呜咽地哭泣，眼泪滴在面前的地上。滴得多了，形状约略像个动物。雪舟便用脚趾蘸眼泪作画，画一只老鼠。即将画成的时候，师父悄悄地走来了。他站在雪舟背后，看见地上一只老鼠正在咬雪舟的脚趾。仔细一看，原来是画。因为画得很好，师父以为是真的老鼠。这时候师父才认识了他的绘画天才，便释放他，从此任凭他自由学画。这便是这大画家发迹的第一步。

我们谈了许多旧话之后，就由寺僧引导，攀登寺旁的玲珑岩，欣赏松涛。那里有老松千百株，郁郁苍苍，犹似一片绿海。松风之声，时起时伏，亦与海涛相似。有亭翼然，署曰"听涛"，是我所手书的。寺僧告我，某树是宋代之物，某树是元代之物。我想；某些树一定是曾经见过雪舟，可惜它们不肯说话，不然，关于这位画僧我们可以得知更多的史实。

一九六三年三月于上海。

怀太虚法师 [1]

　　我和太虚法师是小同乡，同是浙江崇德县人。但我们相见很晚，是卅二三〔1943，1944〕年间在重庆的长安寺里第一次会面的。一见之后，我很亲近他，因为他虽然幼小离乡，而嘴上操着一口崇德土白，和我谈话，很是入木。我每次入城，必然去长安寺望望他。那时我常常感到未见面时的太虚法师，与见面后的太虚法师，竟判若两人。

　　未见面之前，我听别人的传说，甚是惊奇。有人说他是交际和尚，又有人说他是官僚和尚，还有人说他是出风头和尚。我不相信，亲去访问他。一见之后，果然证明了外间的传说都是误解。他是正信、慈悲，而又勇猛精进的，真正的

[1]　本篇原载 1947 年 5 月 16 日《申报·自由谈》。

和尚。我这话决不是随便说的。正信者，他对佛法有很正确的认识与信仰。慈悲者，他的态度中绝无贪嗔痴的痕迹。勇猛精进者，他对宏法事业有很大的热心。真正的和尚者，正信、慈悲、勇猛精进之外，又恪守僧戒，数十年如一日，俱足比丘的资格。我每次访问他之后，走出长安寺，下坡的时候，心中叹羡不置。我诧异："崇德怎么会出这样的一个人？"

外间对他的误解，实在是他的对世间的勇猛精进所招来的。凡对于佛法、佛教、僧人有利的事业，他都关心；不避艰难，不怕麻烦，他都要尽心竭力去计划、维持，或发起。凡和社会发生关系，总难免有招摇、议论，或谣诼。太虚法师的受一部分人的误解，全是他的护法的热心所招来的。但他对于这些误解，绝不关心，始终勇猛精进，直到圆寂。

我在重庆与太虚法师最后的会面，是复员前几天在紫竹林素菜馆。那天我请客，邀在家、出家的七八位好友叙晤，作为对重庆的惜别。我不能忘记的，是我几乎教他开了酒戒。紫竹林的酒杯与茶杯是同样的。酒壶也就用茶壶。席上在家人都喝酒，而出家人之中也有一二人喝酒，我不知道太虚法师喝不喝酒，敬他一杯，看他是否同弘伞法师一样谢

绝。大约他那时正和邻席的人谈得热心，没有注意我的敬酒，并不谢绝。我心中纳罕："太虚法师不戒酒的！"既而献樽，太虚法师端起杯子，尽量吸一口，连忙吐出，微笑地说道："原来是酒，我当是茶。"满座大笑起来。我倒觉得十分抱歉，我有侮蔑这位老法师的罪过。倘换了印光法师，我说不定要大受呵斥。但太虚法师微笑置之而已。太虚法师已经不在人间了，这点抱歉还存在我的心头。我只有祝他往生极乐，早证菩提。

卅六年五月九日于杭州

谈梅兰芳 [1]

我只看过一次梅兰芳。约十年前，在上海，不记在何舞台，不记所看何戏，但记得坐的位置很远，差不多在最后一排的边上。因为看客很挤，不容易买得戏票。这位置还是我的朋友托熟人想办法得来的。

记得等了好久，打了许多呵欠，舞台上电灯忽然加亮。台下一阵喝彩，台上走出一个衣服鲜丽得耀目的花旦来，台下又是一阵喝彩。但我望去只见大体，连面貌都看不大清楚。故我只觉得同别的花旦差不多，不过衣服鲜丽，台上电灯加亮而已。台下嘈杂得很，有喝彩声，谈话声，脚步声，以及争坐位的相骂声。唱戏声不大听得清楚。即使听得清

[1] 本篇原载 1935 年 11 月 1 日《宇宙风》第 1 卷第 4 期。

楚，我那时也听不懂，因为我是不大欢喜看戏的。此来半为友人所拉，半为好奇，想一见这大名鼎鼎的"伶界大王"。

事后我想：我坐在远处，看不清楚梅兰芳的姿态，也好。因为男扮女的花旦，以前曾经给我一个不快的印象，看清楚了恐怕反而没趣。为的是有一次，我到乡下亲戚家作客，适值村上要做夜戏，戏台已经搭好，班子船已停在河埠上。亲戚家就留我过夜，看了戏才去。下午，我同了我的亲戚到河边闲步，看见一个穿竹布[1]大衫而束腰的中年男子，嘴里咬着一支带长甘蔗[2]，从班子船中走上岸来。亲戚指着他对我说，这是花旦。后来我正在庙后登坑，看见一个人手里拿着旱烟筒，头颈下挂着辫子，走进来，也解开裤子，蹲在坑上。其人就是那花旦。这样地见了两次，晚上我立在台前最近最正的位置里看他做花旦戏，觉得异常难看，甚至使人难堪。从此男扮女的花旦给了我一个不快的印象。但梅兰芳，听说与众不同，可惜我没有看清楚。但幸而没有看清楚，使我最近得安心地怀着了好感而在蓄音机〔唱机〕上听他的青衣唱片。

[1] 竹布，在作者家乡指一种沙细而很挺的薄布，常是很淡的蓝色的。
[2] 带长甘蔗，作者家乡话，指不切断的原株甘蔗。

　　前年我买了一架蓄音机。交响乐、朔拿大〔奏鸣曲〕的片子，价钱太贵，不能多买；即使能多买，上海的乐器店里也不能多供应——他们所有的大多数是上海的外国商人所爱听的跳舞音乐片子。于是我就到高亭、胜利等公司去选购中国人制的唱片。苏滩，本滩，绍兴调，宁波调，滑稽小调，歌曲等都不合我的胃口。还有许多调子我听不懂，昆剧片子很少。可听而易购的，还是平剧〔京剧〕的片子。我就向这门里选购唱片。不知何故，最初选了七八张梅兰芳的青衣唱片。乡居寂寥，每晚开开唱片，邻里的人聚拢来听，借此共话桑麻。听惯了梅氏的唱片，第二批再买他的，第三批再买他的，……我的蓄音机自然地变成了专唱梅兰芳片子的蓄音机。而且所唱的大多数是男扮女的花旦戏。因此，青衣的唱腔给我听得相当地稔熟。

　　平剧的音乐的价值，青衣唱腔的音乐的价值，当作别论，不是现在所要说的。现在所要说的，是青衣唱腔给我的一种感想。而且这感想也不限于梅兰芳的青衣。我觉得平剧中的青衣的唱腔，富有女人气。不必理解唱词，但一听腔调，脑际就会浮出一个女子的姿态来，这是西洋音乐上所没有的情形。老生，大面的唱腔，固然也可说富有男人气，但

他们的唱腔都不及青衣的委婉曲折。青衣的唱腔，可谓"女相十足"。我每次听到，觉得用日本语中的 onnarashii〔有女人风度的〕一语来形容它，最为适切。在事实上，从古以来，女子决没有用唱代话，而且唱得这样委婉曲折的。然而女子的寻常语调中，确有这么委婉曲折的音乐的动机潜伏着。换言之，青衣唱腔的音乐，是以自来女子的寻常语调为原素，扩张，放大，变本加厉而作成的。这使我联想起中国的仕女画。雪白而平而大的脸孔，细眉细眼，樱桃口，削肩，细腰，纤指，玉腕，长裙，飘带，……世间哪里有这样畸形的女人？然而"女相十足"，onnarashii，使人一见就能辨识其为"女"，而且联想起"女"的种种相，甚至种种性格。为了这也是以自来女子的寻常姿态为原素，扩张，放大，变本加厉而作成的缘故。这也是西洋绘画上所没有的情形。可见以前的音乐、绘画，在东西洋各自成一格调。

言归本题。上面所说的"女相十足"，固然不限于梅兰芳的青衣，一切青衣的唱腔，都是具有这特色的。不过梅氏倘真是"伶界大王"，则他所唱的青衣应是代表的，即我的唱片没有选错，即上面的话不妨说是为梅氏说的。四十多岁的男子，怎么唱得出这样"女相十足"的腔调？我觉得有些儿惊异。在现代，为什么花旦还是由男子担任，我又觉得有些儿疑问。难道"当女子"这件事，也同"缝纫"和"中馈"一样，闲常由女子司理，出客[1]必须烦成衣和厨夫等男子担任的吗？

廿四年十月五日石门湾

[1] 出客，意即在正式场合。

访梅兰芳 [1]

　　复员返沪后不久，我托友介绍，登门拜访梅兰芳先生。次日的《申报·自由谈》中曾有人为文记载，并登出我和他合摄的照片来，我久想自己来写一篇访问记：只因意远言深，几次欲说还休。今夕梅雨敲窗，银灯照壁；好个抒情良夜，不免略述予怀。

　　我平生自动访问素不相识的有名的人，以访梅兰芳为第一次。阔别十年的江南亲友闻知此事，或许以为我到大后方放浪十年，变了一个"戏迷"回来，一到就去捧"伶王"。其实完全不然。我十年流亡，一片冰心，依然是一个艺术和宗教的信徒。我的爱平剧〔京剧〕是艺术心所迫，我的访梅

[1]　本篇曾连载于 1947 年 6 月 6 日、7 日、8 日、9 日《申报·自由谈》。

兰芳是宗教心所驱，这真是意远言深，不听完这篇文章，是教人不能相信的。

我的爱平剧，始于抗战前几年，缘缘堂初成的时候，我们新造房子，新买一架留声机。唱片多数是西洋音乐，略买几张梅兰芳的唱片点缀。因为"五四"时代，有许多人反对平剧，要打倒它，我读了他们的文章，觉得有理，从此看不起平剧。不料留声机上的平剧音乐，渐渐牵惹人情，使我终于不买西洋音乐片子而专买平剧唱片，尤其是梅兰芳的唱片了。原来"五四"文人所反对的，是平剧的含有封建毒素的陈腐的内容，而我所爱好是平剧的夸张的象征的明快的形式——音乐与扮演。

西洋音乐是"和声的"（harmonic），东洋音乐是"旋律的"（melodic）。平剧的音乐，充分地发挥了"旋律的音乐"的特色。试看：它没有和声，没有伴奏（胡琴是助奏），甚至没有短音阶〔小音阶〕，没有半音阶，只用长音阶〔大音阶〕的七个字（独来米法扫拉西），能够单靠旋律的变化来表出青衣、老生、大面等种种个性。所以听戏，虽然不熟悉剧情，又听不懂唱词，也能从音乐中知道其人的身分、性格，及剧情的大概。推想当初创作这些西皮二黄的时候，作

者对于人生情味，一定具有异常充分的理解；同时对于描写音乐一定具有异常敏捷的天才，故能抉取世间贤母、良妻、忠臣、孝子、莽夫、奸雄等各种性格的精华，加以音乐的夸张的象征的描写，而造成洗练明快的各种曲调，颠扑不破地沿用到今日。抗战以前，我对平剧的爱好只限于听，即专注于其音乐的方面，故我不上戏馆，而专事收集唱片。缘缘堂收藏的百余张唱片中，多数是梅兰芳唱的。廿六〔1937〕年冬，这些唱片与缘缘堂同归于尽；胜利后重置一套，现已近于齐全了。

我的看戏的爱好，还是流亡后在四川开始的。有一时我旅居涪陵，当地有一平剧院，近在咫尺。我旅居无事，同了我的幼女一吟，每夜去看。起初，对于红袍进，绿袍出，不感兴味。后来渐渐觉得，这种扮法与演法，与其音乐的作曲法同出一轨，都是夸张的，象征的表现。例如红面孔一定是好人；白面孔一定是坏人；花面孔一定是武人；旦角的走路像走绳索；净角的走路像拔泥脚……凡此种种扮演法，都是根据事实加以极度的夸张而来的。盖善良正直的人，脸色光明威严，不妨夸张为红；奸邪暴戾的人，脸色冷酷阴惨，不妨夸张为白；好勇斗狠的人，其脸孔峥嵘突厄，不妨夸张为

花。窈窕的女人的走相，可以夸张为一直线。堂堂的男子的
踏大步，可以夸张得像拔泥足。……因为都是根据写实的，
所以初看觉得奇怪，后来自会觉得当然。至于骑马只要拿一
根鞭子，开门只要装一个手势等，既免啰苏繁冗之弊，又可
给观者以想象的余地。我觉得这比写实的明快得多。

从此，我变成了平剧的爱好者；但不是戏迷，不过欢喜
听听看看而已。戏迷的倒是我的女孩子们。我的长女陈宝，
三女宁馨，幼女一吟，公余课毕，都热中于唱戏。就中一吟
迷得最深，竟在学校游艺会中屡次上台扮演青衣。俨然变成
了一个票友。因此我家中的平剧空气很浓。复员的时候，我
们把这种空气当作行李之一，从四川带回上海。到得上海，
适逢蒋主席六十诞辰，梅兰芳演剧祝寿。我们买了三万元一
张的戏票，到天蟾舞台去看。抗战前我只看过他一次，那时
我不爱京戏，印象早已模糊。抗战中，我得知他在上海沦陷
区坚贞不屈，孤芳自赏；又有友人寄到他的留须的照片。我
本来仰慕他的技术，至此又赞佩他的人格，就把照片悬之斋
壁，遥祝他的健康。那时胜利还渺茫，我对着照片想：无常
迅速，人寿几何，不知梅郎有否重上氍毹之日，我生有否重
来听赏之福！故我坐在天蟾舞台的包厢里，看到梅兰芳在

《龙凤呈祥》中以孙夫人之姿态出场的时候，连忙俯仰顾盼，自抚其背，检验是否做梦。弄得邻座的朋友莫名其妙，怪问"你不欢喜看梅兰芳的"？后来他到中国大戏院续演，我跟去看，一连看了五夜。他演毕之后，我就去访他。

我访梅兰芳的主意，是要看看造物者这个特殊的杰作的本相。上帝创造人，在人类各部门都有杰作，故军政界有英雄，学术界有豪杰。然而他们的法宝，大都全在于精神，而不在于身体。即全在于运筹、指挥、苦心、孤诣的功夫上，而不在于声音笑貌上。（所以常有闻名向往，而见面失望的。）只有"伶王"，其法宝全在于身体的本身上。美妙的歌声，艳丽的姿态，都由这架巧妙的机器——身体——上表现出来。这不是造物者的"特殊"的杰作吗？故英雄豪杰不值得拜访，而伶王应该拜访，去看看卸妆后的这架巧妙的机器的本相看。

一个阳春的下午，在一间闹中取静的洋楼上，我与梅博士对坐在两只沙发上了。照例寒暄的时候，我一时不能相信这就是舞台上的伶王。只从他的两眼的饱满上，可以依稀仿佛地想见虞姬、桂英的面影。我细看他的面孔，觉得骨子的确生得很好，又看他的身体，修短肥瘠，也恰到好处。西洋的标准人体是希腊的凡奴司〔维纳斯〕（Venus），在中国也有她的石膏模型流行。我想：依人体美的标准测验起来，梅郎的身材容貌大概近于凡奴司，是具有东洋标准人体的资格的。他很高兴和我说话，他的本音宏亮而带粘润。由此也可依稀仿佛地想见"云敛晴空，冰轮乍涌"和"孩儿舍不得爹爹"的音调。

从他的很高兴说话的口里，我知道他在沦陷期中如何苦心地逃避，如何从香港脱险。据说，全靠犯香港的敌兵中，有一个军官，自言幼时曾由其母亲带去看梅氏在东京的演戏，对他有好感，因此幸得脱险。又知道他的担负很重，许多梨园子弟都要他赡养，生活并不富裕。这时候他的房东正在对他下逐客令，须得几根金条方可续租。他慨然地对我说，"我唱戏挣来的钱，哪里有几根金条呢！"我很惊讶，为什么他的话使我特别感动。仔细研究，原来他爱用两手的姿势来帮助说话；而这姿势非常自然，是普通人所做不出的！

然而当时使我感动最深的，不是这种细事，却是人生无常之恸。他的年纪比我大，今年五十六[1] 了。无论他身体如

----

[1] 梅兰芳生于 1894 年。当时应为五十三岁。

何好，今后还有几年能唱戏呢？上帝手造这件精妙无比的杰作十余年后必须坍损失效；而这坍损是绝对无法修缮的！政治家可以奠定万世之基，使自己虽死犹生；文艺家可以把作品传之后世，使人生短而艺术长。因为他们的法宝不是全在于肉体上的。现在坐在我眼前的这件特殊的杰作，其法宝全在这六尺之躯；而这躯壳比这茶杯还脆弱，比这沙发还不耐用，比这香烟罐头（他请我吸的是三五牌）还不经久！对比之下，使我何等地感慨，何等地惋惜！于是我热忱地劝请他，今后多灌留声片，多拍有声有色的电影，唱片与电影虽然也是必朽之物，但比起这短短的十余年来，永久得多，亦可聊以慰情了。但据他说，似有种种阻难，亦未能畅所欲为。引导我去访的，是摄影家郎静山先生，和身带镜头的陈骛骥盛学明两君。两君就在梅氏的院子里替我们留了许多影。摄影毕，我告辞。他和我握手很久。手相家说："男手贵软，女手贵硬。"他的手的软，使我吃惊。

与郎先生等分手之后，我独自在归途中想：依宗教的无始无终的大人格看来，艺术本来是昙花泡影，电光石火，霎时幻灭，又何足珍惜！独怪造物者太无算计；既然造得这样精巧，应该延长其保用年限；保用年限既然死不肯延长，则犯不着造得这样精巧；大可马马虎虎草率了事，也可使人间减省许多痴情。

唉！恶作剧的造物主啊！忽然黄昏的黑幕沉沉垂下，笼罩了上海市的万千众生。我隐约听得造物主之声："你们保用年限又短一天！"

卅六年六月二日于杭州作

再访梅兰芳 [1]

　　去年梅花时节，我从重庆回上海不久，就去访梅博士，曾有照片及文章刊登《申报》。今年清明过后，我同长女陈宝、四女一吟，两个爱平剧〔京剧〕的女儿，到上海看梅博士演剧，深恐在演出期内添他应酬之劳，原想不去访他。但看了一本《洛神》之后，次日到底又去访了。因为陈宝和一吟渴望瞻仰伶王的真面目。预备看过真面目后，再看这天晚上的《贩马记》。

　　这回不告诉外人，不邀摄影记者同去，但托他的二胡师倪秋平君先去通知，然后于下午四时，同了两女儿悄悄地去访。刚要上车，偏偏会在四马路上遇见我的次女的夫

[1]　本篇原载 1948 年 5 月 26 日《申报·自由谈》。

婿宋慕法。他正坐在路旁的藤椅里叫人擦皮鞋，听见我们要去访梅先生，擦了半双就钻进我们的车子里，一同前去了。陈宝和一吟说他，"天外飞来的好运气！"因为他也爱好平剧，不过不及陈宝一吟之迷。在戏迷者看来，得识伶王的真面目，比"瞻仰天颜"更为光荣，比"面见如来"更多法悦。所以我们在梅家门前下车，叩门，门内跑出两只小洋狗来的时候，慕法就取笑她们，说："你们但愿一人做一只吧？"

坐在去春曾经来坐过的客室里，我看看室中的陈设，与去春无甚差异。回味我自己的心情，也与去春无甚差异。"青春永驻"，正好拿这四字来祝福我们所访问的主人。主人尚未下楼，琴师倪秋平先来相陪。这位琴师也颇不寻常：他在台上用二胡拉皮黄，在台下却非常爱好西洋音乐，对朔拿大〔奏鸣曲〕，交响乐的蓄音片〔唱片〕，爱逾拱璧。他的女儿因有此家学，在国立音乐院为高才生。他的爱好西洋音乐，据他自己说是由于读了我的旧著《音乐的常识》（亚东图书馆版）。因此他常和我通信，这回方始见面。我住在天蟾舞台斜对面的振华旅馆里。他每夜拉完二胡，就抱了琴囊到旅馆来和我谈天，谈到后半夜。谈的半是平剧，半是西乐。我

学西乐而爱好皮黄，他拉皮黄而爱好西乐，形相反而实相成，所以话谈不完。这下午他先到梅家来等我们。我白天看见倪秋平，这还是第一次。我和他闲谈了几句，主人就下来了。

握手寒暄之间，我看见梅博士比去春更加年轻了。脸面更加丰满，头发更加青黑，态度更加和悦了。又瞥见陈宝一吟和慕法，目不转睛地注视他，一句话也不说，一动也不动，好像城隍庙里的三个菩萨，我觉得好笑。不料他们的视线忽从主人身上转到我身上，都笑起来。我明白这笑的意思了：我年龄比这位主人小四岁，而苍颜白发，老相十足；比我大四岁的这位老兄，却青发常青，做我的弟弟还不够。何况晚上又能在舞台表演美妙的姿态！上帝如此造人，真是欠通欠通！怎不令人发笑呢？

我提出关于《洛神》的舞台面的话，希望能摄制有声有色的电影，使它永远地普遍地流传。梅先生说有种种困难，一时未能实现。关于制电影，去春我也向他劝请过。我觉得这事在他是最重要的急务。我们弄书画的人，把原稿制版精印，便可永远地普遍地流传；唱戏的人虽有蓄音片，但只能保留唱工；要保留做工，非制电影不可。科学发达到这原子时代，能用萝卜大小的一颗东西来在顷刻之间杀死千万生灵，却不肯替我们的"旷世天才"制几个影片。这又是欠通欠通，怎不令人长叹呢！

话头转入了象征表现的方面。梅先生说起他在莫斯科所见投水的表演：一大块白布，四角叫人扯住，动荡起来，赛是水波；布上开洞，人跳入洞中，又钻出来，赛是投水。他说，我们的《打渔杀家》则不然，不需要布，就用身子的上下表示波浪的起伏。说这话时，他就坐在沙发里穿着西装而略作桂英儿的身段，大家发出特殊的笑声。这使我回想起以前我在某处讲演时，无意中在黑板上画了一个人头而在听众中所引起的笑声。对于平剧的象征的表现，我很赞善，为的是与我的漫画的省略的笔法相似之故。我画人像，脸孔上大都只画一只嘴巴，而不画眉目。或竟连嘴巴都不画，相貌全让看者自己想象出来。（因此去年有某小报拿我取笑，大字标题曰"丰子恺不要脸"，文章内容，先把我恭维一顿，末了说，他的画独创一格，寥寥数笔，神气活现，画人头不画脸孔云云。只看标题而没有工夫看文章的人，一定以为我做了不要脸的事。这小报真是虐谑！）这正与平剧的表现相似：开门，骑马，摇船，都没有真的

门，马，与船，全让观者自己想象出来。想象出来的门，马，与船，比实际的美丽得多。倘有实际的背景，反而不讨好了。好比我有时偶把眉目口鼻一一画出；相貌确定了，往往觉得不过如此，一览无余，反比不画而任人自由想象的笨拙得多。

想起他晚上的《贩马记》，我觉得要让他休息，不该多烦扰他了，就起身告辞。但照一个相是少不得的。我就请他依旧到外面的空地上去。这空地也与去年一样，不过多了一只小山羊。这小山羊向人依依，怪可爱的。因为不邀摄影记者，由陈宝一吟自己来拍。因为不带三脚架，不能用自动开关，只得由二人轮流司机，各人分别与伶王合摄一影。这两个戏迷的女孩子，不能同时与伶王合摄一影，过后她们引为憾事。在辞别出门的路上，她们絮絮叨叨地说了许多"悔不该"。［编者 [1] 按：为了想弥补这个"悔不该"，我踌躇了好久。丰先生寄给我的两张照片，章法全同，实在无法全登，登一张又觉得不痛快，于是和本报负责制版的陆先生（丰先生的学生）商量，结果是现在刊出的一张。为 poetic justice

---

[1]　系本文所载报刊《申报·自由谈》的编者。

〔富有诗意的、公平的处理〕着想，我看这样也不要紧吧？〕

我却耽入沉思。我这样想：

我去春带了宗教的心情而去访梅兰芳，觉得在无常的人生中，他的事业是戏里戏，梦中梦；昙花一现，可惜得很！今春我带了艺术的心情而去访梅兰芳，又觉得他的艺术具有最高的社会的价值，是最应该提倡的。艺术种类繁多，不下一打：绘画，书法，金石，雕塑，建筑，工艺，音乐，舞蹈，文学，戏剧，电影，照相。这一打艺术之中，最深入民间的，莫如戏剧中的平剧！山农野老，竖子村童，字都不识，画都不懂，电影都没有看见过的，却都会哼几声皮黄，都懂得曹操的奸，关公的忠，三娘的贞，窦娥的冤……而出神地欣赏，热诚地评论。足证平剧（或类似平剧的地方剧）在我国历史悠久，根深柢固，无孔不入，故其社会的效果最高。书画也是具有数千年历史的古艺术，何以远不及平剧的普遍呢？这又足证平剧不但历史悠久，而且在其本质上具有一种吸引人情，深入人心的魔力，故能如此普遍，如此大众化的。只可惜过去流传的平剧，有几出在内容意义上不无含有毒素，例如封建思想，重男轻女，迷信鬼神等。诚能取去这种毒素，而易以增进人心健康的维他命，则平剧的社会的

效能，不可限量，拿它来治国平天下，也是容易的事。那时我们的伶王，就成为王天下的明王了！

前面忘记讲了：我去访梅先生的时候，还送他一把亲自书画的扇子。画的是曼殊上人的诗句"满山红叶女郎樵"。写的是弘一上人在俗时赠歌郎金娃娃的《金缕曲》。其词曰：

> 秋老江南矣。忒匆匆，春余梦影，樽前眉底。陶写中年丝竹耳，走马胭脂队里。怎到眼都成余子？片玉昆山神朗朗，紫樱桃漫把红情系。愁万斛，来收起。
>
> 泥他粉墨登场地。领略那英雄气宇，秋娘情味。雏凤声清清几许，销尽填胸荡气。笑我亦布衣而已。奔走天涯无一事，问何如声色将情寄？休怒骂，且游戏。

书画都是在一个精神很饱满的清晨用心写成的。因为这个人对于这样广大普遍的艺术负有这样丰富的天才，又在抗战时代表示这样高尚的人格，——我对他真心的敬爱，不得不"拜倒石榴裙下"。（别人讥笑我的话。）我其实应该拜倒。"名满天下"，"妇孺皆知"（别人夸奖我的话）的丰子恺，振华旅馆的茶房和帐房就不认识。直到第二天梅先生到旅馆来还访了我，茶房和账房们吃惊之下，方始纷纷去买纪念册来求我题字。

　　　　　　卅七年五月二十二日，

　　　　梅兰芳停演之日，作于杭州

梅兰芳不朽 [1]

立秋日的傍晚，我正在饮酒的时候，女儿一吟神色沮丧地递给我一张新到的晚报，上面载着一个惊人的消息：梅兰芳今晨逝世！这仿佛青天一个霹雳，使我停止了饮酒。

这才华盖世的一代艺人，现在已经长逝了！我深为悼惜，因为我十分敬仰他。我之所以敬仰他，不仅为了他是一个才艺超群的大艺术家，首先为了他是一个光明磊落的爱国志士。

抗战期间，我避寇居重庆沙坪小屋。这小屋简陋之极，家徒四壁，毫无装饰，墙上只贴着一张梅兰芳留须照片，是上海的朋友从报纸上剪下来寄给我的。我十分宝爱这张照

[1] 本篇原载 1961 年 8 月 14 日《解放日报》。

片，抗战期间一直贴在墙上，胜利后带回江南，到现在还保藏在我的书橱中。

我欣赏这张照片，觉得这个留须的梅兰芳，比舞台上的西施、杨贵妃更加美丽，因而更可敬仰。在那时候，江南乌烟瘴气，有些所谓士大夫者，卖国求荣，恬不知耻；梅先生在当时只是一个所谓"戏子"、所谓"优伶"，独有那么高尚的气节，安得不使我敬仰？况且当时梅先生已负盛名，早为日本侵略者所注目，想见他住在上海沦陷区中是非常困苦的。但他能够毅然决然地留起须来，拒绝演戏，这真是"威武不能屈"的大无畏精神，安得不使我敬仰？胜利回乡后，我特地登门拜访了两次，每次都有颂扬的文章登载在当时的《申报·自由谈》上。

现在，梅兰芳已经长逝了。然而他的美妙的艺术永远保留在唱片和电影片中，永远为人民大众所宝爱；他的爱国精神，永远给我们以教育。梅兰芳不朽！

一九六一年立秋之夜记于上海日月楼

怀梅兰芳先生

　　我仰慕梅兰芳先生的艺术，开始于抗战之前。那时我喜欢西洋音乐，曾经练习钢琴和小提琴；爱听奏鸣乐和交响乐，却看轻中国自己的音乐，认为简陋粗俗。有一次我买了一架留声机，除西洋音乐唱片之外，偶然也买了几张梅兰芳的唱片，记得是《天女散花》《醉酒》《西施》《廉锦枫》等。我初听这些唱片时，觉得有些动人；再听，三听，竟被它们迷住了，终于爱不忍释了。我恍然悟到：西洋的和声音乐固然好，但中国的旋律音乐也自有它的好处，味道和西洋音乐不同。却适合我这中国人的胃口。我一向认为简陋粗俗，何等浅薄！不久之后，我的唱片箱中全是梅兰芳唱片，西洋唱片竟绝迹了。同时我对过去所爱好的西洋音乐就绝交了。梅先生对我的音乐爱好，起了转折的作用。

　　他的音乐有什么好处？这仿佛是"冷暖自知"的事，我的笔无法形容。总之，他的表演十分"认真"。正像我今天带来的那封信一样，从头至尾，一笔不苟。又像他的画一样，简洁遒劲，毫无废笔。书、画、音乐、戏剧，原有共通之点，一通百通。梅先生是一位卓越的戏剧家、音乐家，同时又是一位卓越的书家、画家。讲到书和画，只怕有些专业书画家对他还有愧呢！

　　我和梅先生相识，开始于胜利之后。我避寇居重庆时，上海的友人把梅先生留须的照片从报纸上剪下来寄给我。从此，我仰慕他的艺术之外，又仰慕他的人格，古语云："先器识而后文艺。"器识就是人格，人必须有高尚的人格，加以卓越的艺术，方始成为伟大的艺术家。那时候江南乌烟瘴气，有些士大夫也者，卖国求荣，恬不知耻。梅先生在当时被称为"戏子"，被视为"娼优"，却有这样坚毅的爱国心，决不肯演剧给敌人看。我看了这留须的照片，觉得比舞台上的西施、太真更加美丽！我认为他确是一位高尚的戏剧艺术大家，值得崇仰的。因此我胜利返沪后，立刻同了我的爱唱梅派戏的女儿一吟登门拜访，从此我们就相识了。解放后他迁居北京，我每年春天到北京参与全国政协会议，总得和他

相见。今年大会延期，春间不能相见，我正在惦记他，忽然于立秋那一天的傍晚闻得了他的噩耗。其时我正在饮酒，忽觉酒味变坏，不能下咽，就此停杯投箸。

我用沉痛的心情参加了他的追悼会，今天又用沉痛的心情来参加这个座谈会。梅先生的早逝，不但全中国人民都悼惜，连全世界爱好剧艺的人都震惊。前天我收到日本内山嘉吉（是已故日中友协会长内山完造之弟）来信，其中说："在报纸上看到梅兰芳先生早逝的消息，大为吃惊。这是中国戏剧文化的一大损失，同时又是亚洲戏剧文化的一大损失。梅先生在抗日战争中留须，以抵抗日本侵略战争及怀柔政策，这民族精神乃一大教训，在我们胸中保留着深切的铭感。他努力于中国戏剧的保存和发展，其伟大的一生的历史是不朽的了。我为他表示衷心的哀悼。"他的信增加了我的衷心的哀悼。

现在，梅先生的身体已经迁化了，但他的"认真"的治学态度和光明磊落的爱国思想，永远保留在人们心中，永远给人民以教训，他的精神是不朽的了。而他对于我个人，更有重大的影响：我少年时代崇奉西洋音乐和西洋美术。自从他把我的音乐趣味从西洋扭到中国之后，我的美术趣味就跟着走，也从西转向了东，从此我看重中国自己的美术了。他对我的艺术生活有这么重大的影响，所以他的早逝，我特别悼惜，如果死而有知，我祝他在天之灵极乐永生。

1961 年 8 月 22 日上海中国画院

纪念梅先生座谈会上的发言

威武不能屈 [1]

——梅兰芳先生逝世周年纪念

日月忽其不淹兮，春与秋其代序。

惟草木之零落兮，恐美人之迟暮。

（《离骚》）

日月不居，回忆去秋在兰心吊梅，匆匆又是一年。而斯人音容，犹宛在目前。春秋代序，草木可以零落，而此"美人"永远不会迟暮。只因此君不仅是个才貌双全的艺人，又是个威武不能屈的英雄。他的名字长留青史，永铭人心。

我是抗战胜利后才认识梅先生的。最初在上海思南路梅寓，后来在北京怀仁堂，最后在兰心大戏院灵堂瞻仰遗容。

---

[1] 本篇原载 1962 年 8 月 8 日上海《文汇报》。

每次看到他，我总首先想起他嘴上的胡须。我觉得这不是胡须，这是英雄的侠骨。他身上兼备儿女柔情与英雄侠骨！

设想日寇侵占上海之时，野心勃勃，气势汹汹，有鲸吞亚东大陆之概。我中国人民似乎永无翻身之一日了。于是"士夫"之中，倒戈者有之，媚敌者有之，所欲无甚于生者，不知凡几。梅先生在当时一"优伶"耳，为"士夫"所不齿，独能毅然决然，蓄须抗战，此心可与日月争光！此人真乃爱国英雄！

梅先生以唱戏为职业，靠青衣生活。那么蓄须便是自己摔破饭碗，不顾生活。为什么如此呢？为了爱国。茫茫青史，为了爱国而摔破饭碗，不顾生活者，有几人欤？假定当时有个未卜先知的仙人，预先通知梅先生：一九四五年八月十日日寇一定屈膝投降，于是梅先生蓄须抗战，忍受暂时困苦，以博爱国荣名。那么，我今天也不写这篇文章了。然而当时并无仙人通知，而中原寇焰冲天，回忆当日之域中，竟是倭家之天下，我黄帝子孙似乎永无重见天日之一日了。但梅先生不为所屈，竟把私人利害置之度外，将国家兴亡负之仔肩。试问：非有威武不能屈之大无畏精神，曷克臻此？

抗战胜利酬偿了梅先生的大志；人民解放彰明了梅先生

的光荣。今后正期自由发挥其才艺，为人民服务，为祖国增光；岂料天不假年，病魔忌才，竟于去年秋风秋雨之时，与世长辞，使艺术界缺少了一位大师，祖国丧失了一个瑰宝，可胜悼哉！然而"英雄自古谁无死？留取丹心照汗青"，梅先生的威武不能屈的英雄精神，长留青史，永铭人心。春秋代序，草木可以零落，但此"美人"永远不会迟暮。梅兰芳不朽！

壬寅〔1962〕年乞巧作于上海

欢迎内山完造先生 [1]

日中友好协会理事长内山完造先生最近来中国参加鲁迅先生逝世二十周年纪念会。我同他阔别十年，最初看到他从飞机里走下来的时候，觉得这位七十二龄的和平使者比我预想的壮健得多，完全就是十年前的内山先生。握手的时候我想：爱好和平，令人健康长寿！

我陪他到旅馆里，寒暄之后，他首先问我鲁迅先生新墓的情况。其次问我夏丏尊先生的墓在何处，弘一法师（即李叔同先生）的墓在何处。他说他都要去拜扫。最后他又和我谈起葬在万国公墓的内山夫人的墓的情况。这时候我似乎觉得他不是外国人，而是我们自家人，是爱好和平的人民的自

[1]　本篇原载 1956 年 11 月 29 日《新闻日报》。

家人。我觉得中日友好的前途异常光明！我想起了他几天之前从北京寄给我的信。信中说：他曾经到过西安、成都、重庆，即将到上海；他看了新中国的气象，"希望及早促进中日友好，使邦交正常化"。又谦虚地说："我虽能力微弱，亦当老马加鞭。"他身上穿着自出心裁的改良日本装，衣襟比日本的"羽织"（即外套）短一尺多，衣领是中国古装，他的老友葛祖兰先生称它为"内山式和服"。这时候我看看他的内山式和服，想道：古语云，老马识途，要促进中日友好，使中日邦交正常化，恐怕必须这穿内山式和服的识途老马来引路，才能及早达到吧。

内山先生实在是中日友好的识途老马。他过去表面上虽然在中国开书店，但是实际上并非经商，却是致力于中日文化交流。从前向内山书店买过书的人都应该记得：内山书店不像一爿书店，却像一个友人的家里；进去买书的人都坐着烤火，喝茶，吃点心，谈天。买了书也不必付钱，尽管等你有钱的时候去还帐，久欠不还，他也绝不来索。内山先生结交中国许多进步文人，十分同情他们在黑暗时代的苦痛生活。内山夫人美喜子也绝不像一个书店的老板娘，真是一位温良贤淑的好主妇。这书店原是她在北四川路魏盛里的小屋子里开始创办，后来扩充起来的。我从她手里不知喝过多少杯日本茶，吃过多少个日本点心。内山先生是日本人，同时又十分熟悉中国情况，十分同情中国人民。所以他实在是中日友好的识途老马，一定能够帮助引导中日友好走上光明正确的路径。

写这篇短文的时候，我刚陪内山先生去扫了内山夫人之墓回来。严霜十月的万国公墓中安眠着美喜子夫人。墓石上有夏丏尊先生写的墓志铭："以书肆为津梁，期文化之交互。生为中华友，殁作华中士。吁嗟乎，如此夫妇！内山书店创立者内山美喜子之墓。"我脱下帽子、眼镜、围巾，放下手杖，深深地三鞠躬。同来的照相专家蔡仁抱先生（也是内山先生的老友）拍了许多照片。这些照片是我们欢迎内山先生，拜扫美喜子夫人墓的纪念物，同时又是热望中日友好的一种表示。

一九五六年十一月廿七日下午